小説　白井鐵造

すみれと天狗

Another Story of TAKARAZUKA

中尾ちゑこ

すみれと天狗

Another Story of TAKARAZUKA

小説　白井鐵造

目次

第三章　三つの故郷

パリ Paris

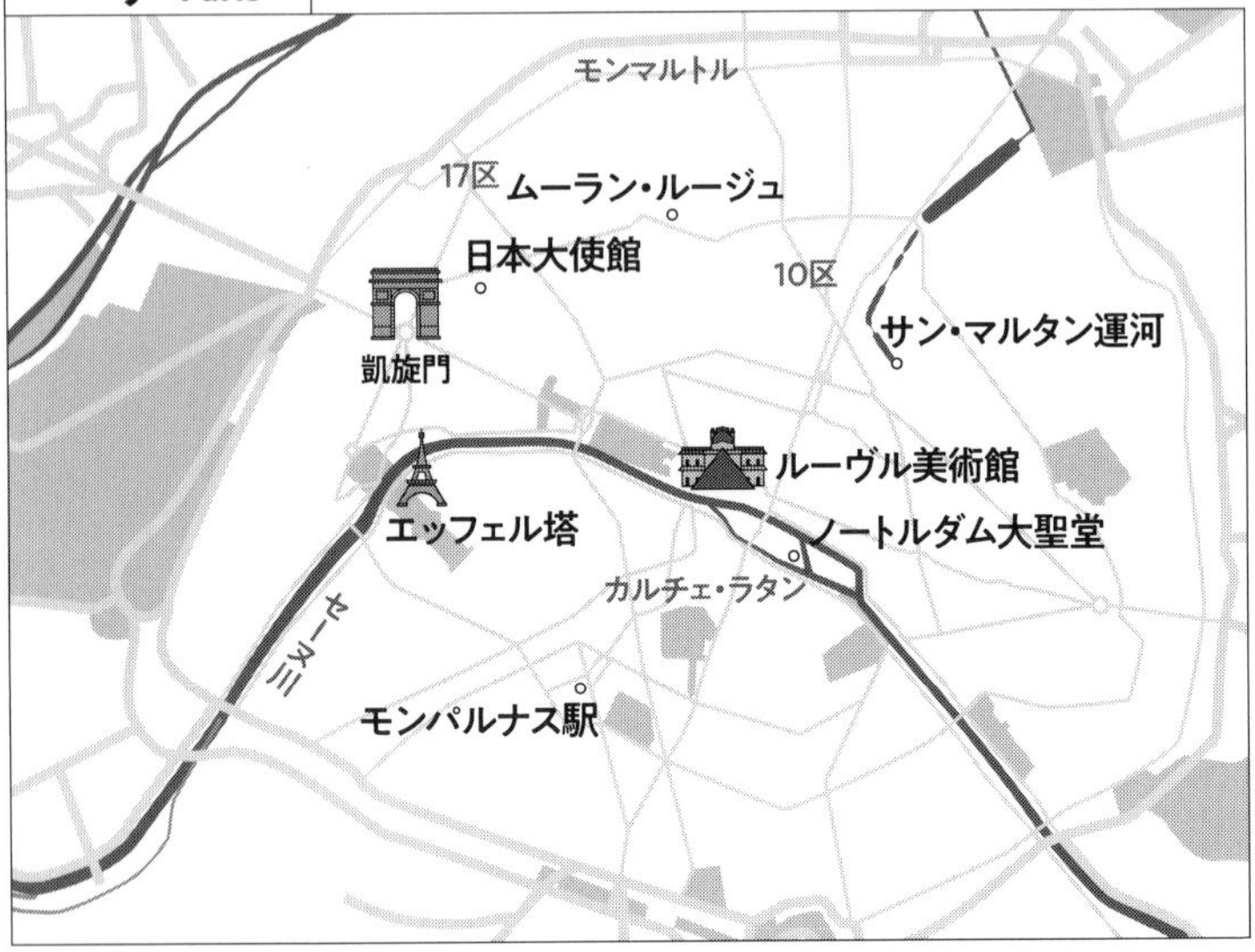
モンマルトル
17区
ムーラン・ルージュ
日本大使館
10区
凱旋門
サン・マルタン運河
ルーヴル美術館
エッフェル塔
ノートルダム大聖堂
カルチェ・ラタン
セーヌ川
モンパルナス駅

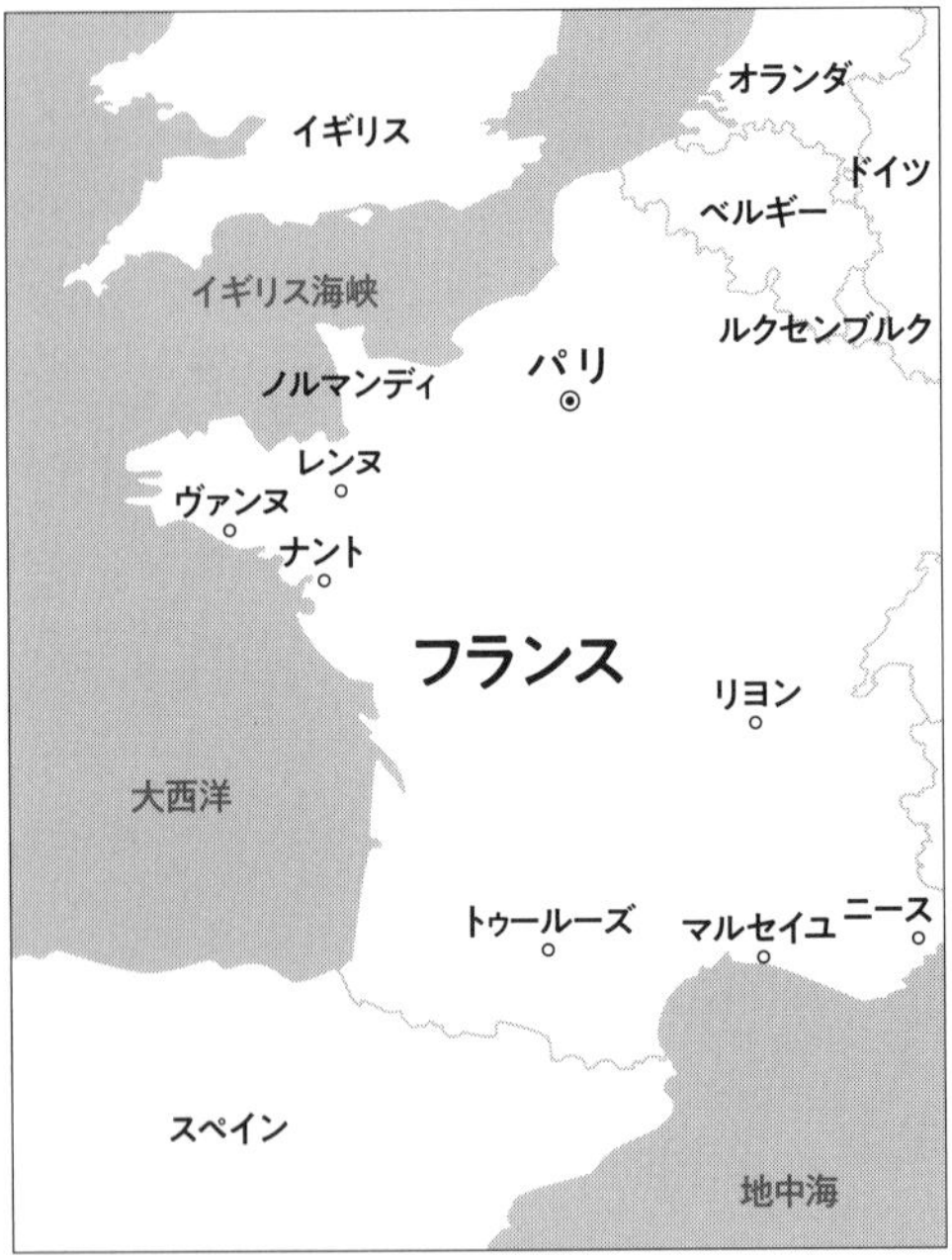
オランダ
イギリス
ドイツ
ベルギー
イギリス海峡
ルクセンブルク
パリ
ノルマンディ
レンヌ
ヴァンヌ
ナント
フランス
リヨン
大西洋
トゥールーズ
マルセイユ
ニース
スペイン
地中海

春野町（天竜区） Haruno-cyo

第一章　ヴィオレット

すみれの花咲く頃

向かい風に逆らい地下鉄の出入口の扉を押し開けると、朝の冷気が一気に頬にあたる。人いきれに蒸れた車内から解放された体に、地上の張りつめた空気が心地よかった。ただ、目の前に広がる空は三月も終わりかけているのに鉛色に凍てついている。薄靄《うすもや》のセーヌ対岸にこれといった色彩はない。

二年前の冬、初めてパリに着いた時、想像と違う灰色の町にいささか失望したものだ。しかし、この都で二年近く暮らし、帰国を控えた今となっては地表に立ち込める朝の靄さえいとおしい。

地下鉄の出入口の階段脇で老婆が手押し車に積んだ花を広げている。孫だろうか、目深にベレー帽をかぶった男の子が水の入った桶を並べていた。

隣では台所用品や石鹸、掃除用具などを商う中年の夫婦が品物を並べ、露店の準備をしている。少し離れたところでは顎ひげの青年が木箱から古本を取り出し、布の上に並べ始めた。

日曜日の九時、地下鉄サン・マルタン駅辺りの人通りは少ない。

地下鉄から出てきた男は老婆の手押し車の前で足を止め、一束の花を指して尋ねた。

「セ・コワ・セットフレール《この花は》？」

東洋人らしい男の呼びかけに、老婆は戸惑った表情で顔を上げた。くたびれた茶色のスカーフから白髪がのぞく。

「セ・ラ・ヴィオレット《スミレだよ》」

手押し車の後ろから、少年の甲高い声が通りのまどろみを覚ますように響いた。

指示されなくとも手順がわかっているのだろう。少年は花の種類や色を分けながら、桶に花を差し入れていた。

「すみれ？」

男が知っているすみれとは少し違っていた。

第一章　ヴィオレット

手にした花束を眺めていると、少年はじれったそうに男の前に立ち、「ムッシュ、悩むことないさ。スミレの花束をプレゼントされたら女性は誰だって喜ぶよ。今朝、トゥールーズから届いたばかりだ」と、片手を差し出す。

年の割にはませた少年だと苦笑しつつ男は、値札の金を渡した。

「メルシー」

少年は帽子のつばを上げ、尖った小さな顎を突き出した。桜色の唇の端から白い八重歯がのぞく。

男の胸が一瞬、高鳴る。

少女だった。

彼女は両手を広げ、肩をそびやかしてウインクした。

その仕草からは、少年が青年へと成長してゆくひと時に醸し出す若竹のような瑞々しさが放たれている。

少年期に本人の自覚もなく宿る爽やかなエロチシズムだ。

スミレの花束から放たれた強く甘い香りが男の身体にまといつく。

数種のスミレが三、四本ずつ束ねられ、紫紺、黄色、白、ピンクの花弁はそれぞれ波状に開き、どれも中央に黒い斑点が入っている。花束自体が一枚の油絵のようであり、レビューの舞台のようだ。

スミレの花束を眺めつつ、花売りの少女を見つめた刹那、男の身体の中を一筋の閃光が駆け抜けた――。

舞台に先ほどの少年、いや、少女を登場させ楽曲を入れ、唄わせ、踊らせ、口上を述べさせたら……。

次から次へと男の脳裏に舞台場面が転回する。男はアパルトマンへの道中、閃《ひらめ》きの正体を追い続けた。

パリで暮らしながらも、パリの表層、外側しかつかむことが叶わない。漫然と暮らしている異邦人に、この都は真の姿を見せてはくれない。

その秘められた内側の一端を、天からの啓示のごとく捉えたかもしれない。

男の口元に笑みが浮かぶ。

「そうだ。そういうことだ。歌劇団に男性はいらない。必要なのは男性以上に魅力的な男役のスターだ」

第一章　ヴィオレット

男がたぐりよせる幼く遠い記憶の中で、すみれは畔道や土手の雑草に紛れ、細く頼りなく紫の薄い花弁をつけ、春、いつともなく咲き、いつともなく見当たらなくなっていた。雑草の勢いに紛れて埋もれてしまったのだろうか。同じ場所で咲いていた紅色のレンゲ、白や黄色のタンポポは藁で繋いで輪にし、妹の髪飾りや首飾りに編み込んだが、その花輪の中に、すみれの花を加えることはなかった。

しかし、パリの街角、凍てつく歩道で手にしたスミレの花束の目に焼き付くような強烈な色彩、スポットライトを当てたかのような艶やかな耀き、脳裏に刻まれる芳しい薫り。

少年と勘違いした少女の声が耳に響き、大人びた仕草が瞼に浮かぶ。

もしも、もしもだ——花売りの少女が男役として舞台に立てば、男性よりも華麗な男役を演じることができるに違いない。

男は花束を持った手を掲げ、石畳の坂道の途中で軽くタップを踏み始めた。新たに得た確信の喜びを隠し切れない。踵や爪先に鋲《びょう》も打ってない革靴の底で鳴らすタップのリズムは、石畳に鈍い音を響かせる。乳母車を引いた母親がすれ違いざまに首をかしげ、男を避けるように通りすぎた。陽光の射し始めた路上に、タップの靴音が遠慮がちに鳴り続ける。

気づくと男はマダム・グリヨンのアパルトマンの前に来ていた。

「ボンジュール、マダム」

ドアをノックし、同時にベルを押す。

玄関ドアが開くなり、男はスミレの花束を差し出した。

「あら、今日は朝からご機嫌ね。ムッシュ・シライ。いいことあったの」

「もちろんさ、マダム。地下鉄からここまでの道で閃いたのさ。日本への土産。スミレの花束と売り子が教えてくれた。胸を張って帰国できる」

「大げさね。二年ぶりの帰国でしょ！　お仕事仲間も、奥様も大歓迎でしょ。お土産なんてなんでもかまわないわ」

手ぶらで帰国する……。そんなことは許されない。

好奇心、嫉妬心、競争心で迎えられようが、それにも勝る大きな期待がかかる洋行帰りの土産――。

帰国が近づくほどに重圧がのしかかってきていた。

我儘を通し、当初は半年だった滞在予定を延ばしてもらった。二年近く給料をもらいながら外国に滞在しているのだ。歌劇団の命運を託されているといっても大袈裟ではない。

「フランス人の恋人ができたんじゃないのか？」

同僚たちの冗談交じりの噂話は日本で待つ妻の耳にも入っているかもしれない。

ガラスの花瓶に活けたスミレの花束を窓際に置き、テーブルに食器を並べ始めるマダム・グリヨンの姿を目で追いながら、男はバルコニーの椅子に腰を下ろし瞼を閉じた。

中庭からなじみの曲がかすかに流れてくる。

コン　ルフルリロン　レ　リラ　ブロン《白いリラの花咲く頃》
春、リラの甘い香りに胸をかきたてられ
恋人たちは森へ　野へ出かけ
悩ましい思いに狂うよ　春

曲名は「白いリラの花咲く頃」。原曲はドイツの演劇歌だが、フランスの若者たち誰もが口ずさむほど流行していた。

男はメロディーを聴いた時から、日本のレビューで使いたいとフランス語の歌詞をメモし、日本語に訳しておいたが、訳詞はしっくりこなかった。

冬枯れの中庭のどこかから聞こえるメロディーを聴いて、ふと「リラ」を「スミレ」にかえてみた。いや、歌劇団には日本で咲く「すみれ」がふさわしいかもしれない……。と、同じメロディーに乗って日本語が流れるように口に出てくる。

すみれの花咲くころ
はじめて君を知りぬ
君を思い　日ごと夜ごと
悩みしあの日のころ
すみれの花咲くころ
今も心ふるう
忘れな君　われらの恋

瞼に日本の歌劇場が浮かぶ。
舞台の幕が開く。
「すみれの花咲く頃」の合唱が流れる。

舞台の両袖から、正面の壇上から、すみれの花の原色で彩られた衣装を身に着けた男女の群舞が始まる。

遠景にはエッフェル塔や凱旋門。セーヌ川にかかるポン・ヌフ橋。

照明を落とした客席からムッシュ・シライと呼ばれた男が舞台を見つめている。

――これが私のパリの成果。どうぞご覧ください――


黒のシルクハットに燕尾服の男たちのタップダンス、床を鳴らす音が徐々に小さくなり、街の娘や若者たちの噂話の掛け合いが入る。

踊っていた一人が肩をそびやかし仲間に話しかける。

「皆さん、それぞれ素敵なパリジェンヌとお付き合いがあるようですが、私の恋人はミュージックホールの女王、ミス・タンゲットさまだよ。昨晩、彼女とデートする夢をみた。夢が現実になることだってあるだろう」

「面白い、賭けてみようじゃないか！」

照明がスポットライトに変わる。

場面はカジノ・ド・パリの舞台。

金髪の女性が青いドレスを着てマイクを握っている。ドレスの裾は大きく割れて、体の向きを変えるたび、形のいい脚がスポットライトに浮かぶ。

シャンソン「私のいいひと」を歌い始めた。オペラのように姿勢を正した歌い方とは違う。枯れた声が観客を圧倒する。

ミス・タンゲット役は誰がいいだろうか。

候補は二人いる。いや最終的に一人だ……。

「今日は時間があるのでしょ」

マダムの声に男は我に返った。

「焼きたてのバゲットと牡蠣のスープも用意したのよ。あなたの好きなラム酒入りのブリオッシュもね」

一刻でも早くホテルに戻り、先ほど閃いた情景をスケッチに残したいと気持ちがはやるが、マダムの手料理は今日が最後になる。

「ええ、時間はありますよ。二時にクールセル街の日本大使館、その後はフランス語の最後のレッスンです。それまでは……」

男はバルコニーに歩み寄る。ひしめき合う建物の屋根から暖房用の煙突が何本も蝋燭のように建っている。最初は珍しい風景だったが、すっかりなじんだ。

「この部屋も、この窓からの眺めも……今日まで」

マダムとのたわいないおしゃべりも、と声には出さず付け足す。

「そうね」

マダムは小さなため息をつき、「あなたとの出会いはムーラン・ルージュのクローク。やはり冬だったわ」

思い出すように彼女も視線を窓の外に向けた。

マダム・グリヨン

一年前の冬。

マダム・グリヨンはモンマルトルのムーラン・ルージュでもぎりや座席案内、清掃やクロークの受付をして週三日働いていた。いつごろからか週一、二回マチネの時間に姿を現し、舞台を眺めながら、なにやら手帳に書きつけている東洋人の男がいることに気づいていた。彼女の勤務時間はマチネだけ。昼過ぎに出かけ、マチネが終わると夜の公演のための準備をし、七時過ぎには劇場を出る。十区の外れ、サン・マルタン運河沿いのアパルトマンまでゆっくり徒歩で一時間。家に帰っても待っている家族がいるわけでなし、散歩にはちょうどいい。気ままな一人暮らしだ。

公演が終わったある日、見覚えのある東洋人の男がクロークで声をかけてきた。

「マダム。外套のポケットにマフラーを突っ込んで預けたのですが、マフラーがありません。どこかに落ちていないでしょうか?」

公演が終わったところで、クロークのカウンターは預かり札を投げつける人たちで混雑していた。三人の女性が札を手にして、次々とコートや預かり物を客に手渡していた。

「探してみるから、客が帰るまで待っていて」

カウンターの端を目で示した。

十分もすると観客のほとんどが帰り、クロークもロビーも疎らになってきた。

先ほどの男が近寄ってきた。

「見つかりましたか?」

「ほかの人にも聞いてみたけど、ムッシュのマフラーらしきものは見当たらなかったわ。気の毒だけど、ここで失くしたり忘れたりしたものは、ほとんど戻ってこないから。ムッシュはいつも熱心に舞台を見ているけど周りに気を付けた方がいいよ。まあ、財布じゃなくて幸いだったけど」

男はクロークの女性が劇場に足しげく通っている自分に気づいていることに驚き、あらためて彼女に目をやった。目の周りや首筋辺りの皺から六十歳を超えているだろうか。年齢のわりに姿勢が良く、動作がきびきびして声に張りがある。主婦ではない。男は仕事の習性からだろう、どうしても人間の仕草や容姿、声や表情から、出会った人の職業、時には人生までを推し測ってしまう。

「よかったら、家にあるマフラーを持ってきてあげるわ。死んだ旦那が外国で買ったものだけど、一度も使ってないから」

「いや、そんな大切なものをいただくわけにいきません」

「気にしないで。船乗りだった旦那が外国で死んでしまって……。十年も前のこと。遺品はほとんど処分したけど、マフラーがクローゼットの奥にあったことを思い出したの。新しいものだったから誰かにあげようと思ってそのまま忘れていたわ。今度ここへ来た時、渡すから」

一週間後、劇場に行くと男の姿を見つけた彼女から声を掛けてきた。

「ムッシュ・フジタ。マフラーよ」

男が怪訝な表情を浮かべていると、「まだ、名前聞いていなかったね。日本人の男性の名前っていえば、フジタしか知らないから」と、声をたてて笑う。

画家フジタ嗣治はパリでは知らない人はいないほどの人気がある。

濃いオレンジに茶の濃淡の大柄チェック柄。上質なウールだが、黒い髪と黒縁眼鏡の東洋人の男に似合うとは思えない。しかし、彼女は男のためらいにおかまいなくマフラーを押し付けてくる。男は苦笑いしながら包みを受け取った。そして、お礼のつもりで、彼女を夕食に誘った。

冬は陽が落ちるのが早い。四時を回ると薄闇が街を覆い、オレンジ色の灯がともり始めていた。劇場の多いロシュシュアール通り界隈には観劇を終えた人、夜の部を観劇する人たちが立ち寄るカフェやレストランが並んでいる。

男は以前立ち寄ったことのあるカフェに彼女を案内した。高級というほどではないが居酒屋の喧騒もなく、料理は不味くはない。それに贅沢できるほどの生活をしているわけではなかった。

異国で自分から声を掛けて誘った初めての女性がマダム・フランソワーズ・グリヨンだった。

彼女の方にも東洋の若造に対する警戒心はなく、まして二人の年齢や容姿からもお互い男女のアバンチュールを期待する相手ではないだろう。

その頃、男はフランス語の日常会話に多少、自信がついてきて試してみたかった。さらに彼女がムーランで働いているということは、ミュージックホールの楽屋事情など些細なことでも聞き出せれば……。理由はいろいろあったが、なによりも日本を離れて半年以上、母親ほど年の離れた異国の女性に甘えてみたかったのかもしれない。

マダム・グリヨンにとってもたびたび見かける日本人と思われる男は多少気になる存在だった。カルチェ・ラタンの路上で絵を売り、アコーディオンを弾き、トランペットを吹き、生活費を稼ぐ貧乏学生の類いでもないようだ。観劇のたびに座席を変えて、舞台を食い入るように眺め、メモを取っている。

「あなた、ダンサー？　舞台関係の人？」

窓際の席に着くなり彼女が問いかけてきた。

あらためて女性の顔を正面から見る。眼差しに愛嬌があり、よく動く口元も可愛げだ。

肉付きのよい頬は下がり気味で顎と首の輪郭は曖昧だが、若いころは美人の部類だったに違いない。

「昔、ダンサーだったこともあるけど、今は振り付けや演出を勉強しています」

夫人は満足気に頷く。

ギャルソンが注文を取りにきた。

二人はシャンパンに前菜のオリーブをつまみ、彼はサーモンのグリル、彼女はオムレツを注文する。

「夕食はいつも家で取っているけど、こんなところで食べるのも気分が変わっていいものだわね」

それから小一時間ほどマダムは一方的に身の上話をした。

「今はご覧の通り、ピギャール界隈で気ままに下働きをしているけど、若いころは専属のダンサーだったの」

――マダム・グリヨンは生粋のパリッ子。教育関係の仕事についていた両親はすでに亡く、結婚している姉が一人いる。若い頃、両親の反対を押し切ってオペラ歌手を目指したが、踊りが好きでダンサーに。トップスターの一人として人気もあった。多くの男性にプロポーズされ、その中の一人で欧州航路の船員に恋をして結婚したが、夫は一人息子と彼女を残して交通事故で亡くなってしまう。両親と夫の残した遺産があるため生活には困らない。息子は成人して医者になり、女医と結婚してスイスに暮らしている。老後の暮らしに満ち足りているが、ムーランで踊っていた若いころが懐かしく、退屈しのぎにムーランで働いている。去年、初孫が生まれた——

マダムの身の上話に耳を傾けて、時には頷いたり聞き直したりしていたが、男は話の内容よりも、相手が言葉に不自由する異国人だという加減もなく芝居っ気を込め、ゆっくり語るかと思えば時には早口になるフランス語のあらましが理解できていることに我ながら感じ入った。

マダムとの会話はベルリッツでの退屈な文法の講義や、現実離れした古代史のテキストを読まされるより、直接細胞に入り込んでくる。生きたフランス語である。

パリに到着直後、語学学校ベルリッツに半年間の授業料は払ったものの、学生気分に浸っている余裕はない。男には外国人を集めた語学学校の授業は無駄な時間に思えていた。

食事を終え、エスプレッソが運ばれてきた。

男は思いついたように「実は、安ホテルに滞在しているのですが、フランス語の実習とパリの生活をもっと知るために帰国するまでに一度、ホームステイしてみたいと考えています。マダムのお知り合いで受け入れてくれそうなご家庭をご存じありませんか？　ホテルより安くて、できれば朝食だけつけてもらえると助かるのですが」

夫人は驚いた風もなく、息子に相談された母親の顔になり、「なんなら私のところの一部屋を貸してもいいよ。息子は家を出ているから部屋は空いている。私は寝室とダイニングを使っているだけで十分だし。ところでムッシュ、名前を聞いてなかった」

「シライといいます。シライは苗字で名前はテツゾウです」

「シュラー……ティ……？　日本語は難しい」

マダムはカップを持つ手を止め、「そうね……。ピエールにしましょうか」

つぶやくように言うと、カップの飲物をゆっくりと喉に流し込んだ。

「ピエール、いいですよ」

以来、マダム・グリヨンは男をピエールと呼ぶようになった。

「とりあえず明日にでも私のアパルトマン、下見に来なさいよ」

別れ際、夫人は決めつけるように男の手帳に住所を書きつけた。シライは既にマダム・グリヨンの部屋を借りてもいいような気がしていた。

年齢のわりに好奇心があり、自慢話が好きそうで、お節介な性格はシライの孤独な戦いの日々にとっては、結構気楽な下宿先かもしれないと思う。

翌日、夫人の書いた住所を訪ねた。

一方通行の狭い路地に、石造りの建物が左右に迫っている。番地を確かめ、アーチ型の入り口をくぐると、同じ建物がコの字型に中庭を囲っている。

中庭は住人共用の広場らしい。赤ん坊の泣き声、走り回る子供たちの喚声。広場を囲むベンチには老人が数人腰を下ろしている。片隅に古びた車が数台止まっていた。日当たりの悪い表通りに人声はなかったが、中庭では普段通り日常の生活が繰り広げられている。

そこに人々の営みがあり、生活の匂いがした。

日本で住んでいた住宅街の公園の光景が浮かんだ。

長くない滞在期間、パリの日常を体で感じることは金銭では代えがたいものだ。男は中庭を横切り、指定された住宅の呼び鈴を押した。

借りることを決めたマダム・グリヨンの部屋は五階。建物自体古く、螺旋階段の手すりは所々剥げ落ち、壁も汚れている。出入り口や階段の共用部分に金をかける余裕のない人たちのアパルトマンなのだろう。途中立ち寄ったアメリカでもイギリスでもホテル暮らしだったから、男にとってパリの下町のアパルトマンは、汚れた壁の落書きさえ物珍しい。

階段や踊り場に比べてマダム・グリヨンの部屋は明るかった。

間借りの部屋としてマダムは玄関左手の一部屋を勧めてくれた。ベッドと机があるだけだが、窓の下を運河が流れ、遠くに建物と建物の間から二本の塔が見える。ノートルダム大聖堂だろう。

ピエールと呼ばれる男はマダム・グリヨンの下宿人になり、一年余りがたっていた。

マダムはスミレの花束を活けた花瓶を眺め、「男性から花束をもらうなんて何年ぶりかしら」と、首をかしげる。

夫人は清潔好きで部屋は掃除が行き届いていたが、生花が飾られていることはなかった。

「舞台で踊っていたころは、抱えきれないほど楽屋に花束が届いたのよ。主人もたびたびプレゼントしてくれたわ」

「すみません。日本では女性に花を贈る習慣はないものですから……。気づかなくて」

マダムはからからと笑う。

「そんな意味で言ったのではないわ。私にも男性にもてた日があったってこと」

「いつも聞いていますよ。ムーラン・ルージュのトップスターだったこと、旦那は優しい人で、息子は優秀だってこと」

夫人は小さく肩をすくめた。

「さー、スープを温めるわ。召し上がりなさい」

グリヨン家の間借り人になって、フランス語の日常会話が上達したことは無論だが、ありがたかったのは彼女が料理上手だったこと。家賃は滞在していた安ホテルと同額にして、こちらは朝食付き。

男は昼食や夕食の時間が決まっている訳ではない。ほぼ外出している。

連日の劇場通い、あらかじめチェックした観劇の出し物もあれば、街角で出くわす小劇場に入り思いがけず新しいアイデアを拾うこともある。

国立のオペラ座やシャンゼリゼ劇場、市立劇場、より大衆的で前衛的なシャトレ劇場、コメディ・フランセーズやヴァリエテ劇場、フォーリーベルジュールやカジノ・ド・パリなどのミュージックホール、サル・ガヴォーコンサートホール、フィルハーモニー・ド・パリ、サーカス劇場などなど、パリには公設から私設まで大中小、数えきれないほど劇場がある。

連日連夜どこかに通ったとしても演目は次々と新しくなり、見終えることは不可能だ。おまけに会場で手に入れたパンフレットやプログラム、解説書を部屋で夜遅くまで翻訳していた。翻訳すべき資料の山が机に積み上がっていた。

部屋に閉じこもっている日には夫人がお茶や夕食を用意してくれる。

「一人分も二人分も作る手間は変わらないから」

日本人は年齢より若く見られる。夫人も男をせいぜい二十歳《はたち》過ぎとみていたらしく、左手の薬指の指輪をみて驚いていた。

「ピエール、あなたは帰国していずれ日本の劇団で有名な演出家になることでしょう。でも、サン・マルタン運河沿いで過ごした一年のこと、忘れないでほしいわ」

「忘れることなどありえません。どんな高級ホテルより、貴重な体験を与えてくれました。私の作品に欠かせないパリのことを」

「いつかあなたの公演をパリで観てみたいわ」

「そうですね。それまでお元気でいてくださいよ」

幾分、社交辞令のように応える。

「あら、本気で言っているのよ。三十年くらい前、日本の歌舞伎を見たことがあるの。あれはパリ万博のときよ。とてもエキゾチックだったわ」

歌舞伎と関西の少女歌劇団の違いを夫人に説明しようとしたが、諦めた。

「メルシー、マダム。私も本気でパリ公演を目標にしましょう」

「そう、約束」

彼女に日本の伝統芸能とレビューについて説明する語学力も気力も時間もなかった。

まだ、今日中に訪ねるところが二か所ある。

大使館に届いている手紙も気になる。

大使館近くのフランス語の教師の家にも寄る約束だ。加えて、先ほど頭に描いた舞台場面や、リラをすみれに変えた訳詞をメモしておかねばならない。

「そろそろ、失礼します。感謝しかありません。マダム・グリヨン、一年間お世話になりました」

「こちらこそ、あなたのおかげで楽しかったわ」

夫人は両腕で彼を抱き両頬にキスする。彼も夫人の背中に手を回した。そんな仕草が自然にできるようになっていた。

誰か訪ねてきたのかドアの外でベルが鳴る。ベルは立て続けに鳴り続ける。

「うるさいわね。誰かしら、こんな時間に」

ドアを開けた夫人が叫ぶような甲高い声をあげた。

「まー、ピエール！　イヴォンヌも一緒で。パリには来週じゃなかったの？」

くたびれたコートを着て、帽子を手にした四十歳前後の男が虚ろな眼差しで中を覗いている。ピエールと呼ばれたのはマダム・グリヨンの息子だった。

後ろにいた年上らしい大柄な女性が男を押しのけるように前に出て、子供を抱いたままマダム・グリヨンの前に仁王立ちになった。

埃にまみれた二つの大型トランクが置かれている。

「お義母さん、間借り人が引っ越したと聞いたので早速、出てきましたよ」

疲れているのか女性の声は苛立っている。

「仕事と住む場所が見つかるまでお世話になります。この人、まともに働けないから私が働いて稼ぐしかないでしょ。パリの方が仕事を見つけやすいし、今まで仕事に出かけている間、彼がなんとか子供の面倒を見ていたけど、いつ持病の癲癇《てんかん》発作が起こるかわからないの。パリではお義母さんにお任せできるから安心だわ。あなたの孫ですものね」

マダム・グリヨンは返す言葉もなく、戸惑っている。

女性は抱いていた子供を降ろして言った。

「アンナ、あなたのお祖母さんよ」

子供は母親の後ろに隠れてしまう。女性は男に気づく。

「あら、間借り人の日本人の方！　部屋が空いたら私たちが使う約束だったの」

マダム・グリヨンは明らかに怒りの目で女性を見ている。

ピエールと呼ばれた息子は黙って立ち尽くし、傍らの日本人に挨拶するでもない。青白い顔には表情が乏しい。

男はその場にいたたまれず、マダム・グリヨンに目で挨拶し、立ち去るしかなかった。

マダム・グリヨンにとって、シライは離れて暮らす息子の代わりだったのかもしれない。

中庭には冬の午後の陽が弱く当たり、いつもの住人たちの日常の営みがあった。

ラッケル・メヌエのシャンソンが流れている。住民だろうが、レコードの持ち主に会ったことはない。

「や、ピエール。日本に帰るんだってね」

定年後、タクシードライバーをしている隣の部屋の老人が声をかけてきた。老人といっても退職したのは数年前。区役所で会計の仕事をしていたという。

「今から仕事に出るところだよ。途中まで乗せていこうか」

「ありがとうございます。クールセル通りの近くで降ろしてくれますか」

男は老人がしょっちゅう修理している中古の車のドアを注意深く開け、乗り込んだ。

「フランソワーズも寂しいだろうな。君のこと、気に入っていたようだから」

アクセルを踏むと同時に老人はしゃべり始めた。

「彼女の人生は全く気の毒なものさ」

男は「エッ」と発したが、老人には聞こえなかったようだ。

「両親と姉の四人でノルマンディから今のアパルトマンに越して来たのは彼女が十五歳ぐらいだったかな。美人姉妹だったよ。姉さんはロワールの地主の再婚相手として嫁いでいったね。このアパルトマンの部屋も姉さんの旦那の所有物だけど、結婚の条件に譲ってもらったのだろう。姉さんは地味な女性だったけど、フランソワーズは目立ちたがりだったよ。ダンサーになりたいって、両親と争って家を出てしまった。この家に戻ったのは両親が相次いで亡くなった後さ。モンマルトンのキャバレーでバックダンサーとして舞台に立つこともあったかもしれないけど、前座のワンサガールか、場末のカフェで歌っていたのだろう」

「ムーラン・ルージュのスターじゃなかった？」

「なんの。踊り子はたくさんいるけど、有名になるのは一握りさ。両親が亡くなると、フランソワーズは男とこのアパルトマンで暮らすようになった。旦那といっていたが、男は留守がちだから、おそらく既婚者だったのだろう。男の子が生まれると、姿は見かけなくなった。交通事故で亡くなったと言っていたけど、誰も信じちゃいない。可哀そうなのは生まれた男の子だよ。いわゆる知恵遅れで学校に通えなくて、姉さんの嫁ぎ先に預けていたよ。彼女はあちこちの劇場の掃除婦をして働いていたな。そのうち年下の男と結婚したさ。預けていた息子を引き取ったけど、今度はその旦那が酒飲みで義理の息子に暴力を振るうのだよ。わしら夫婦が止めに入ったこともあったし、警察に連絡したこともある。役所とも相談して息子をノルマンディの障害者施設に預けることにした。息子はそこで育てられ、施設で働く女性と結婚したということだ。その後、旦那は居酒屋で働いていた女性と一緒に家を出て行ってしまったよ。十五年以上も前だ。頼りにしていた姉さんは去年亡くなったというし」

車はセーヌ川に沿ってシテ島のノートルダム大聖堂からシャンゼリゼ大通り方面へ向かう。話に夢中で遠回りしてしまったようだった。

「マダム・グリヨンのお姉さんが亡くなったのは、私が部屋を借りてまもなくのころでした。夜中に電報が届き、目を真っ赤にした夫人が『姉が亡くなった。夜明け一番の汽車でロワールに行く。葬式が済んだら戻ってくるから』と言って暗いうちに荷物を抱え、出かけたことを覚えています」

「踊り場で、赤ん坊を抱いた中年の夫婦に出会ったけど、彼が息子だよ。十代のころしか知らないけど、だいぶ老けたな」

車はシャンゼリセ大通りを横切り、オスマン大通りに出た。

「この辺りで、降ろしてしてください」

車は枝を晒したマロニエの並木の脇にのろのろと停まった。

「じゃ、日本のピエールさん。気を付けて日本までの良い旅を！」

「メルシー、ムッシュ。お元気で」

それ以上の言葉が出てこない。

頭は混乱し周囲の風景が目に入らないまま、しばらく立ち尽くした。

マダム・グリヨンの隣人のタクシードライバーの親父さんの話と、直接マダム本人から聞かされた身の上話とはあまりにもかけ離れている。

何十年も隣人として知っている親父さんの話は真実だろう。

マダム・グリヨンはムーラン・ルージュのトップスターだったって！

男たちがプレゼントを抱え夜毎、彼女を口説きに寄ってきたって！

外国航路のハンサムな男性と結婚して息子が生まれた。息子は成長してノルマンディの大きな病院で働いているって！

嫁はたしか女医さんだとか。

旦那は交通事故で亡くなってしまったけど、旦那の遺産のおかげで生活には困らないし、かわいい孫もいて気楽で幸せな人生だと！

男はマダム・グリヨンの虚飾で固めた身の上話を真面目に信じ込み、相槌をうち、時には問い直したりした。

彼女はいつもよどみなく応えてくれる。

あれは芝居の台本だったのか。

混乱と腹立ちが収まると、笑いがこみ上げてくる。

マダムの一人語りに何の疑いも抱かなかった。それほど彼女は見事だった。

日本人の駆け出しの演出家はすっかり騙された。

名女優、フランソワーズ・グリヨンよ！　貴女に大きな拍手を送りたい。

男の胸の底から波のように哀しみが押し寄せた。マダム・グリヨンは作り話をして自慢したかったのではない。彼女は自分が話した人生を今も生きている。

現実の人生が仮の人生で、彼女が語った人生が彼女の真実の人生だと心底思いこんでいる。彼女は日本のピエールに話した人生を生きていたいのだ。そうでなければあれほど情感を込め、熱く語り続けることはできない。

虚飾の町、パリ。

先ほどの親子に出会わず数分前に去っていれば、そのまま男の中で生き続けたマダム・グリヨンの人生だった。ピエールと呼ぶ息子、その妻と子供の姿を見た時、彼女はまるで幻を見たような表情をしていた。

「ピエール……」

別れ際、小さく呟いたが、それは間借り人だった男への呼びかけだったのか、実の息子への呼びかけだったのか……。

男はパリの八区にある日本大使館までなんとか辿り着いた。

日本に一時帰国していた大使館の井上から三通の手紙を預かってきたと連絡があったのだ。

洋行

昭和三年、宝塚歌劇団の創設者小林一三は三十代前後の中堅社員三人に海外視察を命じた。五年前の大正十三年、箕面有馬電気軌道（阪急電鉄の前身）は終点の宝塚駅に四千人収容できる大劇場を竣工していた。きっかけは前年に五百人ほど収容する少女歌劇場が全焼してしまったことである。

日本にも本格的に歌劇を楽しむ時代が来る――。

そう考えた小林は、わずか一年と半年で、従来の劇場のおよそ十倍、国内では帝国劇場に次ぐ大型劇場を造ってしまったのだ。

問題は劇場での公演である。

それまでは温泉の出る宝塚大浴場に併設する劇場として水泳場を改築し、洋行帰りのダンサーやオペラ歌手、作曲家、俳優、演出家などを招いて、少女たちのお伽歌劇の公演が行われていた。

娯楽の少ない時代である。

住宅地と畑の中、夜間はイルミネーションが輝く娯楽施設は子供や女性を中心にそれなりに評判を呼び、劇場周辺に整備された遊戯施設や公園、百貨店などとともに休日は家族連れが憩う沿線パラダイスになっていた。

しかし、実業家であり、幼い時から芸事に関心を持ち、小説の世界に進みたいと考えていたこともある小林は一地方の少女のお伽歌劇で満足していなかった。

ただ、日本自体がレビューの黎明期だった。

洋行帰りの舞台人たちも、日本に活躍の土壌を見いだせないまま、再び洋行してしまうか、他の職業に変わらざるをえないほど職業として成り立っていなかった。日本を代表するレビュー劇場として発展していくかのようにみえた「浅草オペラ」も関東大震災により廃業した。

大型劇場にふさわしい人材を養成しなければ――。外国の出し物の翻訳でなく、日本人に受け入れられる独創的な発想、演技や振付の専門性、舞台構成の企画が不可欠だ。

最初のパリ留学に選ばれたのが白井鐵造の師匠にあたる岸田辰彌だった。

岸田の帰朝第一作「モン・パリ《私のパリ》」は大成功を収める。

それは少女たちのお伽歌劇を大人のレビューに変えたターニングポイントとなった作品と評された。

幕間なし、十六場面が一時間半、スピーディーに華麗に展開。ラインダンスや大階段が登場。劇団の制作費一年分を要したということだが、小林の決断で公演は大成功した。

「モン・パリ」のその後の作品にはより以上期待がかけられることになる。

「モン・パリ」を演出した岸田辰彌は宝塚に入る以前から恵まれた環境にあった。

岸田家は東京・銀座の素封家であり、父は有名なジャーナリスト。海外事情に詳しく、辰彌の一つ上の兄はフランスにも留学していた有名な画家岸田劉生。辰彌もオペラ歌手を目指し、イタリアに暮らしたこともある。つまり岸田の家族の周りでは海外は遠いところでなく、銀座という土地柄も最先端の出来事を見聞きする環境にあった。宝塚から初めてのパリ留学の成果として生まれるべくして生まれた作品が「モン・パリ」だった。

「モン・パリ」に続く作品がほしい。小林は、人材の幅を厚くするためにも海外を知らない裏方に海外の本物を見せることが先決であると考えた。小林の理念の下に選ばれたのが照明技術の牧島和明、舞台製作の細田徹、そして岸田の演出助手をしていた白井鐵造の三人だった。

小林には少女歌劇とは別に国民歌劇を創設する夢があり、「男子養成会」を立ち上げていた。男子養成メンバーの一人として岸田に誘われ、宝塚歌劇団に入団したのが白井鐵造であった。白井は自身がダンサーとして舞台に出演する目的で入団し、名前も虎太郎から鐵造に変えていた。

しかし、やはり少女歌劇団のイメージに男優はそぐわず、「男子養成会」の二十五名のメンバーは舞台に立つことなく解散した。行く先のなくなった白井は岸田の演出や振付の助手として宝塚に残っていた。

男性社員への洋行指令は、当人たちには夢のような話だが、小林翁にとっても大冒険だった。当時、洋行といえば大物政治家か外交官、あるいは維新以降財を成した資産家、その家族、大企業の商社マンなどに限られていた。

「本場を見てきなさい」とだけ伝え、小林は三人に半年間の滞在費と日程を渡した。

三人の洋行者が多くの人に見送られ、日本郵船で神戸港を離れたのは指令が降りて半年後の昭和三年の秋だった。

横浜に寄港し太平洋の海原に出る。ハワイ経由で、サンフランシスコで下船。サンフランシスコから汽車でハリウッド、ロングビーチ、シカゴを廻りニューヨークに入った。

三人とも言葉は挨拶程度であるが、小林の配慮で現地の知り合い、通訳、劇場関係者に連絡がついており、行く先々のホテルや移動が無駄なく手配されていた。なによりも現地のさまざまな劇場のチケットが用意されていたことに、小林一三の期待の大きさを身に染みて感じていた。

三人は最初、メモを取るのを忘れるほど実際に目にするアメリカの舞台のスケールに圧倒された。日本の歌劇団とは子供と大人ほど違いがある。

しかし、驚いてばかりではいられない。連日、劇場に通い、舞台を食い入るように見つめ、そして、ノートに書き続けた。

ロンドンでクリスマスを迎え、パリで新年を迎えても同様である。

牧島は照明について、細田は舞台美術のスケッチ。半年後、帰国予定が近づく頃にはノートは数十冊にも積み上げられていた。白井は牧島や細田がニューヨーク、ロンドン、パリと行く先々で照明や舞台の芸術性について、口角泡を飛ばす勢いで熱心に語るのを聞きながら、彼らが羨ましかった。

照明技術、舞台装置を視覚的に習得することは、彼らにとって難しいことではないだろう。

しかし、踊りの振り付けや演技、演出などは同じ公演に数回通い、記憶することはできても体で再現することは不可能だ。時間が足りない。脚本の構成を学ぶには相当な語学力も必要であった。

白井は帰国の二週間前になった夕方、二人をホテル近くの居酒屋に誘い、打ち明けた。

「実は、私は帰国しないことにした」

「なに！」

二人は同時に聞き返す。

「内緒にしておいて申し訳ない。二週間前、帰国延長願いの手紙を劇団幹部とオーナーの小林翁、それと妻宛てにも書いて送った。〝via《経由》シベリア〟にしたから日本に着いているころだと思う。滞在延長の手続きは大使館の井上さんにお願いしてある」

「我々三人の中で一番、目立たず真面目に勉強していた白井が一番大胆なことをしでかしたってことだな」

「いや、臆病なだけだ。このままじゃとても期待に応えられない。君たちと違い、何一つとして身に付けたといえるものはないのだ。帰国してもただの金食い虫で終わる。少なくともあと半年……」

三人の沈黙を破ったのは年上の牧島だ。

「白井の言うこともわからんでもないな。俺と細田は機械や装置を使って、舞台を作る仕事だが、白井の場合、人間を動かす仕事だからな。わかった。俺たちからも帰国したら話しておくよ」

「しかし、半年後だったら、必ず何か身に付く〝土産〟の保証でもあるのか?」

細田が痛いところを突いてくる。

細田の言う通りだ。半年先のことはわからない。わかっているのは二週間後に帰国するわけにはいかないということだ。

劇団への手紙には滞在費の追加願いと、足りない分は給料の前借りで処理してほしい旨を書き加えた。結婚三年目の妻は驚き呆れるだろうが、夫婦の間で決定的な揉め事になることはないだろうという読みもある。

妻、大鳥加津世はかつて劇団のスターの一人だった。

白井は最初から彼女の歌唱力と、特別に美人ではないが三枚目的な演技力、愛嬌ある個性に気づいていた。彼女の才能を引き出すため、脚本に変更を加え、舞台でより目立つ演出を試みた。加津世がトップスターへの階段を駆け上がったのは白井の演出力も大きい。白井にとってそれは当然の仕事であったが、加津世も素直に感謝していた。

歌劇団の女優は結婚したら退団するのが鉄則。自薦他薦の結婚相手の候補者から加津世が選んだのは将来どうなるともわからない劇団の演出助手白井だった。

舞台が好きでも、いつまでもトップスターの座にいるわけでもない。口には出さないが、エリートビジネスマンや資産家の息子と結婚するより、舞台の夢を白井との結婚でかなえる方を選び、トップスターとしての絶頂期に加津世は退団した。

彼女の結婚は白井への愛だけでなく、白井という若き演出家に賭けてもいるのだ。

加津世は劇団から実績と人気をかわれ、歌唱指導や先輩後輩の懇親会の世話、後輩たちの相談相手などを託され、今もそれなりに収入を得ていた。白井との間に子供はまだいない。

　牧島と細田が帰国したふた月後、妻から「へそくり、倍にして返してね」と相当なお金が届いた。内向的な白井に比べ、社交的で屈託ない妻の性格に助けられていた。

　劇団も白井の要望をかなえ、半年間の延長を認め滞在費を出すことになる。


　白井は一人パリに残ったが、その半年はあっという間にたった。

　しかし、帰国しなかった。

　さらに半年の延期を願い出る。二回目の延長は認められたが、滞在費用は給料からの前借りとなった。

　一九二〇年代の後半、日本のレビュー界にとっても、宝塚少女歌劇団にとっても、そして白井鐵造という男にとっても、幸運な時代に当たったといえる。もし十年前に生まれていたら、そもそもレビューという言葉も使われていなかった。また仮に十年後に生まれていたら日中戦争のさなかで洋行どころではない。

　半年間という鐵造の当初の予定は一年半以上になった。

これ以上の滞在延期は無理である。

一方、滞在すればするほど海外のレビューの世界の幅の広さや奥深さを知ることになり、学ぶことは増えていく。修行の足りなさを自覚することにもなっていた。

後ろ髪を引かれる思いを抱いたまま、白井鐵造に帰国の日は迫っていた。


日本からの手紙三通を受け取り、大使館を出た時には陽は落ち、高級住宅が並ぶクールセル通りは人影もなく闇が覆い始めていた。白井は街灯の下で立ち止まり、手紙を開ける。

一通は白井の先輩に当たる師匠の岸田からである。帰国後の仕事の内容が箇条書きされていた。白井の不在で一番迷惑を被った岸田だが、劇団のオーナー小林翁に白井の滞在延長を説得してくれたのも岸田であろう。だが、そのことについては触れていない。

我儘を通し半年余の滞在予定を一年に、その後さらに半年以上延ばしてもらっている。帰国して旅の疲れを癒して過ごす時間はないと覚悟はしていた。

手紙には案の定――早々にパリをテーマにした新作、演出に取り掛かってもらう。配役を決め、楽曲、歌、踊りの振り付けなどに練習を入れて、本公演の幕開けは遅くとも八月あるいは九月初めにしたい――と。

つまり脚本完成から幕開けまで三か月と、あえて事務的な内容だ。

脚本は船が神戸港に錨を降ろすまでに仕上げなければ間に合わない。

劇団は白井の〝パリ土産〟の新作に相当の期待を寄せていることがわかる。

白井の洋行と同じ年、浅草にレビューの歌劇場「東京松竹楽劇部」（後のＳＫＤ）が創立された。いずれ東京の歌劇団とはライバルとして競うことになることを誰もが予想した。

大正時代には大衆文化が勢いづき、中小の劇団が創設されたり潰れたりしていた。

白井にとってオペラ出身の演出家岸田師匠による「モン・パリ」の成功以上の作品を生み出さなければ自身も劇団の未来もないも同然だ。

既存の再演や作り直しでは新鮮さに欠け、アイデアも枯渇していた。

創設者や幹部たちは二年前、目前の焦りを一縷《いちる》の望みとして三人に託し、洋行を決断、白井の滞在の延長をも認めたのだ。

三人ともその期待と責任は十分自覚していたとはいえ、サンフランシスコに到着し、初めて触れる異国体験の中で見るもの、聞くもの、触れるものすべてが想像を越え、毎日が夢か現《うつつ》かの興奮状態だったのだ。

牧島がホテルの窓を開け、「見ろよ、歩いているのは外国人ばかりだぜ！」と叫んだことは笑えない話だ。

予定通り半年で帰国した照明の牧島や舞台製作の細田は、それなりに成果を出していることだろう。

しかし、彼らの成果を舞台で遺憾なく発揮、仕上げるのは演出家、白井の仕事だ。

二年近く頭で身体で吸収し、細胞にまで叩き込んだ本物のニューヨーク、ロンドン、そしてパリを日本の観客の心に響かせ、レビュー界に新しい揺さぶりをかけたい――。

自信と不安が交互に立ちはだかる。

帰国に向け、フランス籍の外国航路の切符はすでに手配した。マルセイユから乗って、約四十日。日本到着は五月下旬。大まかな脚本は船中で仕上げるしかない。

フランス帰りの若い演出家の新作は話題にはなる。が、厳しい目も向けられよう。

白井はため息をつく。

自信はある……つもりだが、不安はそれを越えている。

まだ、足りないのだ。

今朝、地下鉄の出入口で出会った花売りの少女が、パリのイメージを確かにさせてくれた。

別れの日に知ったマダム・グリヨンの虚飾の人生、あれもパリだ。

手紙の一通は妻、加津世からだった。

——帰国しても、楽しかった洋行の思い出に浸っている暇はないわよ。公私ともに厳しい現実が待ち受けているから——

妻も夫にかかっている重圧を理解している上での冗談めかしての文面だ。滞在の延長に関しては経済的に彼女をわずらわせてしまったが、彼女もまた劇団側を強く説得してくれた一人であろう。

最後の一通は、歌劇団の熱烈なファンである近所の男子高校生、史郎君からだ。

——アメリカ、イタリア、イギリスを見学して、一年以上パリに滞在してフランス語を勉強されているなんて羨ましいです。僕の憧れです。僕は音楽学校へ進学してピアノを習うつもりです。そして卒業したら歌劇団に入ります。将来は先生のような演出家になりたいと思います。帰国したら相談にのってください。お土産は絵葉書をお願いします——

高校生らしい内容だ。白井は苦笑した。

数十年後、この手紙の主が白井の後継者の一人、高木史郎として活躍するようになるとは当時は想像の外であった。

白井は手紙を内ポケットにしまい、今日最後の訪問先イリーナ・パブロヴァ公爵夫人のアパルトマンに向かうため、モンソー公園の北側から十七区に入った。

パリを発つまで十日余り。集めた資料の整理と内容のあらましを日本語でノートに取る作業が残っている。辞書を片手の翻訳ではこの先、何年かかるか分からない。

フランス語の個人教師パブロヴァ公爵夫人に助けてもらい共同作業で仕上げることにしていた。

公爵夫人イリーナ・パブロヴァ

一年前、ベルリッツ語学学校への通学を断念した時、大使館の井上氏にフランス語の個人教師の紹介を依頼していた。

マダム・グリヨンの間借り人になって、まもなくの頃だった。

相談を持ち掛けてから数日後、井上氏から連絡があった。

「ご要望に応えられると思われる人を紹介できそうです。来週、アーティストやファッション関係者、彼らのパトロンたち、いわゆる上流社会の人たちが集まる仮装パーティーがあります。仮装パーティーといっても実際に仮装して現れる人は半分もいませんけど。こちらでは退屈しのぎに開かれるパーティーです。旧い貴族の館や、劇場のホール、ホテルを借りて大人たちが無邪気に騒ぐ集まり、噂話も含めた社交界の情報交換の場ですな」

「面白そうですね。仮装パーティー、聞いたことはありますが。ぜひ出席させてください。私は紋付き袴ででも行けばいいのでしょうが、あいにくと持ち合わせておりません」

「いやいや、いつもの出かける格好でかまいませんよ。誰が何を着ていたかなんて関心ないでしょうから。国籍も性別も年齢も職業も関係なし。会員制でもないのに類は友を呼ぶとでもいうのだろうか。共通項といえば上流階級で好奇心旺盛、新しい出来事を先取りしたい連中。もちろん、中には政治や世相を真面目に思索している人々もいます」

井上はそう言って笑った。

「会場でフランス語の先生候補のご婦人を紹介しますよ」

「上流界のマダムですか。せっかくですが、あまり高額な授業料では……」

「いや、彼女はボランティアさ、君からの授業料を当てになどしていない」

「ボランティア?」

「イリーナ・パブロヴァ公爵夫人。亡命ロシア貴族です。両親は革命で亡くなっていますが」

意外な人選だ。

「ロシア人ですか?」

「サンクトペテルブルグ出身のロシア人です。私も詳しいことは知らない。人づてに聞いたことだが、母親はフランス人。彼女は幼い時からフランスで暮らしていてパリの女学校を卒業している。専門が西洋美術史。イギリス人の貴族と結婚したが、数年後に病気で亡くしている。相当の遺産を引き継いで、現在は十七区のアパルトマンに暮らしているとのことだ。君のことは話してある。個人教師を引き受けてもいいとの返事はもらっているが、とにかくお互い会ってみることだな」

パーティー会場は地下鉄シャンゼリゼ・クレマンソー駅に近い美術館プチ・パレのイベントホール。八時過ぎに会場に着くと正面玄関は到着する人、出迎える人、待ち合わせる人で混雑していた。

ドーム型の高い天井から下がるシャンデリアの下では人の波が四方八方に流れ、渦のように回っていた。雑多な香水の香り、鼻をつく整髪油の匂いが天井のフレスコ画にまで吸い込まれていく。縦長の会場の正面は一段高くなり、十数人の管弦楽団員が演奏をしている。曲は辺りの喧騒のなかで聞き取れない。左右のイオニア式の列柱の後方にテーブルや椅子がおかれ、所々のカウンターには飲み物や食べ物が用意されていた。

中央が空いているのはダンスのためであろう。

日本人らしき人物は、井上と白井の二人しか見当たらない。

「まだ、公爵夫人の姿は見えないな。とりあえずシャンパンでも飲んでいよう」

井上は知り合いもいるらしくカウンターに近づきながら、挨拶を交わしたりしている。

井上の後に付いておどおどと歩いていると突然、片腕を押されてよろめいた。

「パルドン」

振り向くとターバンを巻き、目に黒いマスクをつけた男だった。すでに酒がかなり入っているようだ。

「少し前まではあんな中東風の仮装が流行ったけどね。今は古いよ」

井上は肩をすくめ、両手を広げた。

「舞台の袖で嬌声を上げている若い女性たちがいるだろ」

彼女らは人混みの中でも目立っていた。チョコレート色の二の腕をさらし、鳥の巣をお盆にして被ったような黒い髪、根元から縄のように編み上げた髪が腕と同じチョコレート色の顔を覆っている。あるいは黒くて短い髪を油で貼りつけたような髪型。体の線にぴったりのドレス、目の周りは黒く塗られていることが遠目でも分かる。

「黒いビーナスと呼ばれるジョセフィン・ベーカーの仮装でしょうか」

「ご存じで……。さすが、演出家ですね」

「いや、新聞や雑誌、街のポスターで見かけますし噂は聞いていています。舞台はいずれ観たいと思っています。たしかミュージックホールのフォーリー・ベルジュールでしたね」

「そう、彼女の遺伝子が持つアフリカ系の野性的な歌や踊り、貧困をバネに未来に向かう生き方、人種差別を否定する活動はパリの新しい女性たちに新鮮な刺激を伴って歓迎されているのです。もっとも保守的な人たちからは『淫らだ』の一言ですが。ジョセフィン・ベーカーのセクシーな踊りも、僕は彼女なりの怒り、反抗だとみているよ」

世の中への怒りや不合理を踊りという手段で表現する——。白井には到底理解できない。

「井上さんはフランス滞在の日本人のお世話をしているだけでなく、パリや西欧のあらゆる情報をキャッチされているのですね」

「いや、私も好奇心が旺盛なだけですよ。せっかくパリに暮らしているのですから」

気負いもなく、パリの社交界に溶け込んでいる井上を羨ましいと思い、まるで裃を付けているようにぎこちない自分が情けない。

「ムッシュ・イノウエ。遅くなってごめんなさい」

一人の女性が井上に近づいてきた。

井上は女性と軽く片頬を寄せて挨拶すると、自分の椅子を彼女に勧めながら連れを紹介した。

「イリーナ・パブロヴァ公爵夫人、こちらがフランス語の生徒、シライ・テツゾウです」

白井は名指しされた生徒のように立ち上がり、「初めまして」

頭を下げ、深く腰をかがめた。

目の前に、白いレースの手袋をした右手が差し出され、白井は遠慮がちに握り返した。

「白井鐵造と申します。発音しにくいようで、家主のマダムにはピエールと呼ばれています」

「じゃ、私もピエールと呼ばせていただこうかしら」

女性は微笑んだ。

白井の職場は女性の歌劇団である。入団選考の時点で容姿端麗は暗黙の条件。美しい女性は見慣れている。アメリカでもイギリスでもフランスに来てからも舞台に立つ魅力的な女優やダンサーをあまた目にしていた。

しかし、イリーナ・パブロヴァ公爵夫人の美しさは、彼が今まで出会ったどの女性とも違っていた。別世界の人間。まるで宇宙から舞い降りてきた天女かと思うほど神秘的な美しさだ。

襟に金色の刺繍飾りの付いた緑のシルクのイブニングドレス。後ろにゆるく巻きあげた金髪は、シラサギの羽にダイヤモンドと天然真珠をちりばめたエグレットで留められている。陶器のように白い肌。頬の辺りにほんのり赤みがさし、長い睫毛に縁取られた瞳は深い緑色の湖水を思わせ、微笑でさえ憂愁を帯びる。

三人はギャルソンが運んできたトレーからシャンパンを手に取り、杯を掲げた。

「日本人とお近づきになるのはあなたで二人目よ。ようこそパリへ。日本では歌劇団、それも女性だけの歌劇団の演出をされているとか」

「ありがとうございます。脚本から演出、振り付けまで一通りはやっていますが、西欧に比べれば日本のレビューは夜明け前かもしれません。私も駆け出しです。フランスで本格的なレビューを学んでいきたいと思っています」

「西欧のレビューを取り入れて、将来は日本的なオリジナル作品を創っていくってことですわね」

「それは理想ですけど……」

「私でお役に立つことがあれば、協力させてください」

その時、イリーナは反対側の席に知人を見つけたらしい。

「あら、ココとベラ、それにマーリアも来ているわ。挨拶してくるからお待ちになって」

二人に断ると人混みをかき分けて席を離れた。

「どうだ。すごい美人だろ。彼女が口にしたココというのはココ・シャネルのことさ。ベラはイギリス国王の遠縁でアメリカの大富豪と結婚しているベラ・エジェルトン夫人」

そこで井上は声を落とし、白井の耳元に口を近づけた。

「マーリアという女性はなんでもロシア革命で銃殺されたニコライ二世と従妹ということだ。両親は早くに亡くなったので彼女と弟のドミートリーは皇帝一家とペテルブルグの宮殿で暮らしていたのだが、皇帝一家、その親戚、主な使用人などボルシェビキに殺されてしまった。が、幸運にもマーリア大公女と弟のドミートリーは亡命に成功し、マーリアの方はパリでメゾンを開いていると聞いた。ココのメゾンの二階だとか」

中央ホールを隔てた斜向かいのテーブルで三人の女性が話し込んでいた。

一人はファッション界で有名なガブリエル・ココ・シャネル。細身で小柄、短くつばの浅い帽子の下に伸びる眉は黒くはっきりしていて、強い意志を表している。白いサテンのブラウスに黒いベルベットのノーカラーのスーツ。大粒の真珠のネックレスが切り込みの深いブラウスを押しのけるように何重にも重なって揺れている。指先の深紅のマニキュアが葉巻を吸うごとに生き物のように動く。煌《きら》めくスパンコールやビーズも、多彩な色合いもなく、白と黒のシンプルな服装であるが、不愛想ともいえる簡素さが周囲を圧倒している。

シャネルと会話をしているベラ・エジェルトン夫人は対照的にルノワールの絵から抜け出したようなふっくらとした五十歳前後の年相応な体形、上気したピンク色の肌に薄桃色のレースのドレスが似合っている。

かつて世界一の王族といわれたロシアのロマノフ家の一族、マーリアは紫の夜会服に銀狐のストールを巻いているが、表情は暗く、退屈そうに二人の話を聞いている。遠目からも神経質そうな女性に見えた。

「シャネルもエジェルトン夫人も才能ある芸術家や芸術集団の強力なパトロンだ。シャネルはファッションビジネスの成功者だし、エジェルトン夫人はアメリカ人の夫が石油や金融業で財を成した大富豪だ。彼女らは支援する芸術家たちの成長を競っている。悪いことではないさ。そのおかげで『バレエ・リュス』（ロシア・バレエ団）などは舞台装置から団員の維持や管理で大赤字でも、公演自体は大成功で欧米各国からお呼びがかかるようになっているのだよ」

「あのバレエ・リュスも？」

「そう専属劇場も国の支援もなく、ロシアで創設されたがロシアで公演する機会もなかった彷徨のバレエ団さ。セルゲイ・ディアギレフという天才的な演出家、舞台芸術家の下に才能あるダンサー、振付師、音楽家、画家、衣装デザイナーなどが集まってできたバレエ集団だ。ディアギレフという男、新しい芸術を創作するために必要な才能はどんなことをしても集める天才だ。彼の下には才能ある若い芸術家たちが集まってくるのだが、金勘定には無頓着でね。陰でシャネルやエジェルトン夫人が相当な支援をしているという噂だ」

ロシア・バレエと宝塚歌劇団は浅からぬ繋がりがある。

創設者の小林一三は上海に亡命していた元ロシア帝室バレエ団のエレナ・オソフスカヤ女史を招き、指導を仰いだ。これにより、宝塚は本格的なバレエ作品に取り組むことができるようになったのである。

オペラ歌手を目指していた白井は声量が足りないことに限界を感じ、一時期ダンサーとして身を立てることを考えていた。ディアギレフの「バレエ・リュス」と天才的なバレエダンサー、ニジンスキーの評判は当時、オソフスカヤ女史から聞いていた。

白井の目標はニジンスキーだった。

ニジンスキーの舞台写真を部屋に貼っていたこともある。

空中に止まったように見える跳躍力。素肌に人間とも動物とも見えない抽象的な衣装をまとい、性を超えた化身の野性的なニジンスキーのバレエは、パリのインテリや芸術家たちに大きな衝撃を与えたという。

「バレエ・リュス」の創設者で演出家がセルゲイ・ディアギレフである。

白井にとっては雲上人だが、会場ではまるで親しい隣人のように名前が挙がる。彼はあらためて自分がパリの社交界のど真ん中にいることを感じた。

「でも、パトロンとして応援した芸術家がすべて成功するとは限らないし、何年たっても一生、世に認められないこともある。そんな時どうするのでしょう」

「本来、パトロンなんてそれを承知の上ですよ。芸術の成功なんて現世だけで判断できるものでもなし、一旦、自分が目に掛けた才能は一生面倒をみる覚悟でしょう。家族を含めてね」

「じゃ、イリーナ・パブロヴァ公爵夫人もパトロンの一人なのですか」

「いや、彼女の場合はシャネルやエジェルトン夫人ほどの財力はない、夫の遺産を引き継いでいるけど、まだ子供も幼いし。亡くなった父親がロマノフ家と繋がりがあったことで、パリに逃れた亡命ロシア人の暮らしを教育や就労など精神面も含めてサポートしているようだ」

「なるほど。フランス語の個人教師を引き受けてくれたのもわかるような気がしてきた。私はロシア人でも芸術家でもありませんが、東洋の演出家の将来に賭けてくれたのかな」

「彼女の夫は生きていたころは美術雑誌の発刊にもかかわっていたから、東洋に興味もあるのだろう。君のフランス語の先生として彼女以上の適任者を見つけることは不可能だよ」

「いや、本当に感謝です。語学だけでなく限られた時間、彼女から学ぶことはたくさんあるような気がします」

「美しい人だしね」

言われるまでもなく白井は完全に一目惚れだった。美のミューズとは、イリーナ・パブロヴァ公爵夫人のような女性を言うのであろう。

テーブルに着いて話し込んでいるシャネルとエジェルトン夫人の傍らで立ったままの公爵夫人が交互に首をかしげながら熱心に聞いている。元ロシア大公女マーリアはいつの間にか席を外していた。

さらに混み合ってきた劇場ホールでも三人の女性の存在は目立っていた。何人かが挨拶していく。シャネルとエジェルトン夫人は会話の内容に熱が入っているようでそっけなく目礼をかわし、公爵夫人だけは二人の会話を聞きながら顔見知りには声をかけ応えていた。

井上が思いついたように、「そうだ、いずれ君も公爵夫人を通じて彼女らを紹介されるかもしれないから、一つ付け加えておこう。マーリアのたった一人の弟、ドミートリーはかつてシャネルの恋人だったのだよ。彼はハンサムでダンディな男で、ココの十歳ほど年下だけどね。彼らは結婚しなかったし、ドミートリーは他の女性と結婚した。けど、今でも二人はいい関係だと聞くよ」

その時、公爵夫人が二人の方に戻ってきた。

「ごめんなさい。ココとエジェルトン夫人の話が深刻だったので」

「なにか口論でもするような勢いで話していましたね」

「別に隠すことでもなく、知られていることだけど、セルゲイ・ディアギレフの体調が思わしくないらしいの」

「そういえば、今日の仮装パーティーに見かけませんね」

「本人は出席したかったらしいけど……病院で治療が必要だけど彼が拒否しているのよ。初めてパリで公演したバレエをもう一度シャトレ劇場で再演したいと言っている……」

「そんなに悪いのですか」

井上が眉をよせる。

「そのようね。今日、ディアギレフさんをお見かけしたらムッシュ・シライにご紹介しようと思ったのだけど」

「それは面白かっただろう」

井上がすぐに応じた。

「ロシアの天才舞台演出家と日本のレビュー界を背負っていく未来の演出家の出会いだから」

「そんな大げさな。私など足元にも及びません。ただ、私もお会いしてみたかった」

天才プロデューサーと呼ばれるセルゲイ・ディアギレフはロシア貴族の出、芸術世界に造詣深い家族のもとで幼少より声楽やピアノを習い、チャイコフスキーは親戚の一人だ。大学で法学を学ぶが結局、芸術方面に進み、才能ある人を発掘することに天賦の才を開かせた。

白井のように運に導かれパリに流れ着いた、などという人生と違う。紹介されたところで何について、話すことができよう。

「すみませんが、他用があり、私は失礼します。フランス語の授業の具体的なことはお二人で決めてください。今日、私はご紹介するだけの役目ですから」

「あら、ムッシュ・イノウエはいつもお忙しいのね。よろしいわ、ムッシュ・シライ、いえピエール、私たちはもう少しお話して、パーティーも楽しみましょう」

白井はそれからパブロヴァ公爵夫人と何を話したのか定かでない。彼女の問いかけに最低限の返答をしていた。緊張のせいか喉の奥が渇く。グラスの水を口に運ぶたび、彼女が微笑みながら緑の瞳を張って彼を見つめる。

照明がやや落とされ、曲がワルツにかわると何人かがホール中央で踊り出した。

「私たちも踊りましょう」

白井の緊張をほどこうと彼女が立ち上がった。

公爵夫人が白井の肩に手を添える。白井は彼女の左手を取り、右手を背に回すと二人は自然と流れるように踊りの輪の中へ滑り出す。

歌劇団に入団する数年間、ダンサーとして舞台に立っていたし、歌劇団では岸田の助手として七年間に四十作品余の振り付けを指導していた。舞台は異国パリとはいえ、そこで催される仮装パーティーでの社交ダンスなど白井にとっては難儀な場面ではない。

公爵夫人も相当に上手い。

白井のリードで軽やかに品良く、緑のドレスの裾を回して踊る。曲がタンゴやマズルカに変わってても見事にステップを切り替えて踊る二人に周囲の注目が集まり出した。

三曲ほど踊って二人はテーブルに戻った。

「レビューの振り付けをされているだけあって、流石にお上手ですね。私も久しぶりでダンスを楽しみました」

白井はすっかり緊張がほぐれていた。

その後、数曲を踊り二人は帰途に就く。ココやエジェルトン夫人も帰ったようだ。


パブロヴァ公爵夫人の住まいは十七区の高級住宅街にある。

大使館からさほど遠くない道沿いにある、ビザンチン様式のロシア正教の白い教会が闇の中に浮かび上がっている。十七区には亡命ロシア貴族が多く住んでいるということを井上から聞いたことがあった。

アパルトマンまでは夫人があらかじめ予約してあった車に同乗した。

「あなたのお住まいまでこの車をお使いになって」

別れ際、夫人が勧めてくれた。

「せっかくですが、私はここから歩いて帰ります」

夢見心地の気分にしばらく浸っていたい。

白井は公爵夫人と握手した手をポケットの中で握りしめた。

突然、目の前に現れたその煌びやかな世界の一端が男の掌で息づいていた。

「では、来週から授業を始めましょう。解説が必要なテキストがありましたら、お持ちになってくださいい」

夫人が正面玄関のベルを押すと、制服を着た警備員が鉄製のドアを開けた。

「ボンヌ　ニュイ《おやすみなさい》」

白井を振り返り、会釈した夫人は細長い影となって光の中に消え、ドアが閉まった。

時計は午前一時近くになっている。雪模様の寒気の中、胸の動悸は初めて恋をした少年のように抑えようもなく高鳴っていた。

一方で演出家として冷静でもあった。イリーナ・パブロヴァ公爵夫人への密かな想いは白井の作品を乙女の甘いお伽話から大人のロマンスへと飛躍する動機となるかもしれない。

オペレッタ専門劇場ゲティ・リリックで観た「ライラック・タイム」。シューベルトの若き日の失恋物語をフランス語のテキストの一つに選ぶことに決めた。

いつか日本の歌劇団で公演してみたいと何度も観劇しメモを残し、フランス語の台本も手に入れていたのだ。「ライラック・タイム」の台本を見せたら公爵夫人は何というだろうか。軽喜劇の脚本に作り上げたら面白がってくれるはずだ。

間借りした部屋の机に積み上げている台本や演劇関係の雑誌が次から次へと浮かんでくる。あれもこれも読み込んで脚本にしていきたい。パブロヴァ公爵夫人との授業の中で成し遂げられるはずだ。

いや、その前に今、パリで流行っているシャンソン「白いリラの花咲く頃」が先だ。原曲の持つ恋の悩ましさを損なうことなく、日本の歌劇団で歌えるように彼女の助けを借りて完成させたい。

公爵夫人の個人指導を受け始めて半年、白井は日常会話の上達だけでなく、古典的な演劇本や人気の演劇評などを読みこなせるようになっていた。

筋を知らない芝居を見て、セリフのすべてが理解できるというわけではなく眠気を覚えることもあるが、耳に響いてくる音のアクセントや話し方は自然と脳内に流れているのだろうか、聞いた言葉が日常会話で出てくることもある。フランス語が理屈や文法でなく、音として身体反応とともに身についてきている。

「ムッシュ・シライには教えがいがあります。私にとって最高の生徒です」

そう言われると白井はさらに無邪気に有頂天になっていく。

ほんの一部ではあるが身体の細胞がフランス人になったかと思うほど彼らの息遣いが伝わってくる。自惚れではない。白井は洋行前の自分と今の自分が心身ともに変わったことを感じる。

思うままの愛や恋に生き、喜怒哀楽の感情をまっすぐに発露するかと思えば、何事もなく押し殺す。時には虚実をもアクセサリーのごとくまとい、人生を創りあげることに熱中する。

パリで出会うフランス人たちにとって、人生は自身の作品であり、舞台であった。

マロニエやリンゴの花が咲くころになると、白井は山高帽にステッキを持ち、時には手袋をはめて劇場に通い、案内係にチップを渡すことも身についていた。

パブロヴァ公爵夫人のアパルトマンは、間借りしているマダム・グリヨンのアパルトマンと違い警備は格段に厳しい。二十四時間、腰にピストルを下げた警備員が出入りする人間をチェックする。

白井は顔なじみになっているとはいえ、毎回パスポートを提示する。石造りの建物は七階建て。エレベーターは六階まで大理石の螺旋階段の中央を上下する。階段の手すりや明かり取りの窓にはロールアイアンでアールヌーヴォーの草花模様が施されていた。

最上階の七階は住人が雇っている使用人の部屋である。彼ら用に裏手には別に専用の出入口と階段があった。

三階ワンフロアがパブロヴァ公爵夫人の所有する部屋である。

外側は鉄、内側は木製の二重の観音扉を開けると、幅二間はある廊下と高い天井。左右にいくつかの部屋のドアノブ。正面のリビングはグランドピアノが目立たないほど広い。豪奢なシャンデリアと柱に掲げられた鹿の頭のはく製、壁にはゴブラン織りのタペストリーが下げられている。

授業は週三回。グランドピアノのあるリビングが使われる。午後から二時間と決められたが途中、お茶の休憩時間を入れると四時間がたつこともしばしばだ。時には彼女に請われて休憩時間に部屋のグランドピアノを弾いた。

家は小学生の息子アンドレイと六十代の住み込みの家政婦さんの三人である。アンドレイが学校の授業を終えて帰宅するころ、少年の家庭教師がやって来る。何部屋もある広い家は町の喧騒も聞こえず静かだ。

アンドレイの姿は何回か見かけた。ほとんど自分の部屋で勉強をしている。左足を少し引きずるように廊下を歩いていた。色白で母親と同じように憂いのある瞳をしている美少年だ。

ある時、彼の部屋のドアが開いていた。少年は窓に肘をついてじっと外を眺め考え事をしている風であった。淋しげな少年の姿に白井は胸をつかれた。

ブルターニュの夏

夏、パリの休暇は長く、家族でバカンスに出かけるのが恒例である。

強い日差しの中で、街全体が気だるく午睡《ひるね》をしている。

劇場やミュージックホールも休演となり、開いていたとしても無名か外国の出演者が観光客相手の出し物を演じている程度である。家主のマダム・グリヨンも八月末までスイスの友人の別荘で過ごすとかで、大きな鞄を持って出かけていってしまった。

石畳の狭い通りがひしめき合うパリ市街地は、真夏の厳しい太陽光線からは逃れられない。

パブロヴァ公爵夫人の父親はブルターニュ地方に別荘を持っていた。別荘はそのまま彼女が所有し、毎年夏はブルターニュの別荘で過ごしている。

「七月、八月はいつも息子とブルターニュの別荘で過ごすから、ムッシュ・シライもテキストを持ってブルターニュの別荘にいらっしゃいませんか。そうすればフランス語の授業も続けられるでしょう」

六月に入ったある日の授業の終わり、夫人からの誘いだった。白井にとっては願ってもない申し出だ。

「ありがとうございます。実はアメリカ人のダンサーにタップを習っているのですが、彼も夏はニースで過ごすそうですし、通っているバレエ学校も休校になるので、帰国前にノルマンディや南仏などパリ以外の街を見てみたいと思っていました。夏の間、あちらこちら旅行をしてと、考えてはいましたが」

「それじゃ、なおさらブルターニュにも来なければならないわ」

白井は灼熱と緩慢な夏のパリを避けられる喜び、なによりも二か月間、夫人に会えない日々を避けられたことに内心、驚喜した。

「それではお言葉に甘えさせていただいます」

喜びを抑えつつ応える。

「私は息子を連れて先に出発します。息子のアンドレイはご覧のように病弱でしょ。夏の間少しでも多く自然に触れて体を丈夫にしたいの。ムッシュ・シライ、あなたはお仕事の整理が済んでからいつでもいらしてくださいい……ね。待っていますわ」

夫人が一呼吸おいて口にした「待っています」という言葉がいつまでも耳朶《じだ》に残る。白井は帰りの道々、口の中で繰り返した。

別に意味はないのかもしれない。教師が優秀な生徒にかけた言葉だ。それとも、あるいは女性が男性にかけた言葉だろうか。

落ち着かないまま七月の半ば、彼はモンパルナス駅からブルターニュ行きの列車に乗った。

三時間も揺られていると、車窓にはまるで国境を越えたかのような風景が広がる。

大西洋に突き出たフランス最大の半島ブルターニュ。北はイギリス海峡に面している。最大都市のレンヌで南部に下る汽車に乗り換え、別荘のあるというヴァンヌに向かう。

ヴァンヌは古都であった。

そもそもブルターニュ地方はフランスではなく、ブルターニュ公国という独立国であり、フランスとは言語も伝統、文化、風習も異なるケルト系民族が住む。十六世紀中ごろにフランスに併合され、フランスの観光地、保養地として知られるようになったのだ。

海岸沿いで風光明媚と聞いていた通り、大西洋を見下ろす丘の林のなかに木骨組の別荘が間隔をあけて建ち並び、周囲には畑や牧草地が海岸まで絨毯のように続いている。

ヴァンヌ駅に着くと二十歳前後の青年が荷馬車から降りて近づいてくる。

「ボンジュール、ムッシュ」

白井の持っていた鞄を受け取り、さっと荷馬車に積み込んだ。

「両親が長年パブロヴァ家の別荘で働いています。私は両親の手伝いをしています。リシャール・ブリアです」

帽子をとって自己紹介をする。日焼けした顔に気の好い笑顔を浮かべている。

別荘の住人は普段は管理しているリシャールの両親とリシャールの三人だが、夏の間は公爵夫人と息子のアンドレイ、時にはアンドレイの家庭教師も同居したり、夫人の友人たちが訪れたりと、にぎやかになるそうだ。

別荘では菜園で野菜を作り、山羊数頭、鶏数十羽、荷馬車用の馬も飼っているので毎日忙しいとのこと。働き者のリシャールは港の市場や乗馬クラブでも声を掛けられるそうだ。

「大変ですよ」と言いながらも、彼自身は身ぶり口ぶりから生活を楽しんでいる様子が伝わる。

リシャールの話を聞きながら荷馬車に揺られ、白井は日本を離れて以来、いや生まれてからこのかたといってもいいほど穏やかでのどかな空間にいた。

電灯もなく、汽車や海も見たことがない山奥の寒村の職人の家に生まれ、尋常小学校を卒業すると、染物会社で小間使いとして働きだした。自分の意志で何も選ぶことのできなかった幼年時代に劣等感を抱えていた。

その劣等感は大人になっても消えないどころか、より深く沈殿し、未知の世界への羨望と野心に変わっていた。生い立ちは知られたくなかったし、あえて思い出したくもない。その落差の葛藤を抱えつつ誰からも表面的には素直で、努力を惜しまない好青年だった。そのためか、いつしか肩に力が入り世間に対して緊張していた。

今、眼前に広がるブルターニュの風景は、心の内に暗く深く巣くっている拘《こだわ》りを空と海の彼方に押しやってくれる。

軽くなった肩先を夏の風が吹き抜けた。

気温は三十度近くあるが、海から吹き寄せる潮の匂いを含む風は爽やかに頬をなでていく。海岸はリアス式と言うのだろうか、さまざまな形の大小の崖が切り立っている。波の静かな入り江は、凹凸が激しく続き海岸線に陰影をつけ、風光明媚な景観を作り出していた。しかしいったん天候が崩れると荒れ狂う海が姿を現す。

崖が途切れ、平地が現れると辺りに店が並び、砂浜で子供たちが水遊びをしている。船着き場には数隻のヨットや漁船が係留されていた。

「この辺りに朝は市が開かれます。カフェやレストランもあり、買い物もできます。別荘はこの丘を少し上がったところです」

リシャールは荷馬車の馬に鞭を当て、緩い坂道を上がり始めた。

別荘は海岸から百メートルほど高い丘の上、牧草地を左右にくねりながら荷馬車の通る道が家の玄関先まで続く。周りを囲むようにリンゴの木が植えられていた。

薄茶色のレンガの屋根と白い壁。壁には木製の板が格子模様に貼られ、まるで絵本に出てくるような風景だった。

荷馬車の到着を聞きつけて、公爵夫人が玄関に出てきた。明るいブルーのワンピースに白い短靴を履いている。夫人の後ろから息子のアンドレイが顔をのぞかせる。陽に焼けたアンドレイの顔色はパリのアパルトマンで見かけるよりは健康そうに見える。公爵夫人でさえ、親しみやすく活発でマドモアゼルと呼びかけたくなるほど若々しい。

すべて夏のブルターニュの空気のせいかもしれない。

玄関を入るとホール兼客間、片側に二階に上がる木製の階段。一階の左右に扉があり、一方は食堂とキッチンに通じている。居間を横切り反対側のドアを開けると夫人は「こちら、自由にお使いになって」と白井を中へ案内した。

部屋はバルコニー付きでかなり広い。菜園の中に五角形に突き出ている。ベッドとクローゼットは壁側に、バルコニーへの出入り口の一方に机と書棚。もう一方にはオルガンが弾き手を待っていたかのごとくに置かれている。

「村の教会に使っていない古いオルガンがあったからお断りしてお借りしたの」

夫人は悪戯っぽく得意げにほほ笑んだ。

白井は驚きと感謝で夫人を見返す。

暑さを避けてブルターニュの村で今まで集めた脚本の翻訳をし、作詞や楽曲などを落ち着いて整理できることは有り難い。ただ一《ひと》月以上ピアノに触れず過ごすことには焦りもあった。夫人はその気持ちを察してくれたのだろう。古いオルガンとはいえ、思い立つまま浮かぶ歌詞をその場で音に乗せることができる。

翌日、夫人が街を案内してくれた。

田舎の素朴な港町と思っていたが足を踏み入れると、パリとは違うお洒落なカフェやレストランの内装、また所々に見かける中世の建築物がより町の趣を深くしている。

タクシーで郊外のサンタンヌ寺院まで足を延ばした。

ブルターニュ地方のカトリックの巡礼地であり、年に一度、七月に「サンタンヌのパルドン」という巡礼が行われ、年間八十万人もの巡礼者が訪れるという。フランス各地から集まってくる巡礼者たちで町は一年で一番にぎわうとのことだ。

ヴァンヌは夏のリゾート地というだけでなく、宗教的な街だった。住民たちは自然の中に宿る霊を敬い、昔話に魔女や妖精が出てきて人と交わるという。

白井には運命的な出会いのような気がした。

幼年時代を過ごした秋葉山の祭りを思い出した。

十二月の中頃、標高八百メートル余の山中で火防《ひぶせ》の祭事が行われ、全国から参詣客が集まり、村が一気に活気づいた。祭りの夜、天狗が飛来し、村を見守っているという言い伝えを聞いている。

遠い異国でも自然崇拝の信仰があり、宗教的行事が行われていることに心が揺らいだ。一週間もすると、白井はずっと昔からヴァンヌを知っていたような気分で、風景にも暮らしにも馴染んでいく。

午前中の二時間をフランス語の授業。午後からは街に出かけ市場や海辺を散策し、カフェでお茶を飲んだりして過ごす。乗馬クラブに入って、乗馬を始めた。時にはリシャールとアンドレイと一緒に山羊や鶏の世話、菜園の収穫を手伝う。リシャールが二人をボートに誘ってくれた。散策や農園の収穫にイリーナ夫人が加わることもある。

パリの社交界のイリーナ・パブロヴァ公爵夫人も魅力的であるが、ヴァンヌでの夫人は二十代の娘のようにまぶしく健康的な魅力を放っていた。

アンドレイとリシャールは気が合うのか、年の離れた兄弟のようだ。パリではほとんど笑い声を聞いたことのないアンドレイが、リシャールとなにやらふざけて少年らしくボーイソプラノで笑う声を初めて耳にした。

夏のブルターニュでのバカンスは、生涯、忘れえぬ煌めきをもって白井の胸の内に刻まれた。

ブルターニュを去る日が近づいたある日の昼ごろ、公爵夫人宛てにパリから電報が届く。一人、部屋に閉じこもっていた夫人はお茶の時間に皆に声を掛けた。

「電報はエジェルトン夫人からなの。私たちの親しい友人、セルゲイ・ディアギレフがヴェネツィアの病院に入院していて……。持病の糖尿病が悪い方に進んだらしいわ。ヴェネツィアの病院で亡くなるのだとしたら付き添ってあげなければ。彼はいつも舞踊家、音楽家、衣装デザイナー、舞台製作家など最高の芸術家たちに囲まれていた人。けれど家族もいないし、病気に倒れたら誰も彼のお世話をする人はいない孤独な人。とにかく明日、いったんパリに戻り、ヴェネツィアに発つことにします」

その場にいる中でセルゲイ・ディアギレフの名を知っているのは白井の他にいない。大劇場などなく、教会と学校、郷土博物館があるだけの地方の町だからリシャール家族にとってパリもヴェネツィアも遠く、ましてや天才的な演出家の名を知るはずもない。

「セルゲイ・ディアギレフの亡くなったご両親と私の両親は親しくお付き合いしていたのです。革命後は彼も祖国ロシアには戻れない。私も祖国には戻ることはないでしょう。

同じ境遇のロシア人として見捨てておけないのです」

何度か白井に紹介したいと言っていた。

「アンドレイは家庭教師のフランソワ先生に迎えに来ていただくから、一緒にパリに戻って。それからムッシュ・シライは南仏を廻ってパリに戻る予定だったわね。できたら、ヴェネツィアに寄っていただけないかしら。彼に紹介しておきたいの。最後の機会かもしれないから……。私はしばらく滞在しなければいけないと思うので」

「わかりました。ナントの港からマルセイユまで船で、その後、列車でニースとモナコを廻る予定ですが、先にヴェネツィアに寄りましょう」

すでに白井はフランス語しかりだが、パリのレビュー界の事情や劇場、同時代の芸術家についてある程度の知識は頭に入っている。一年前だったら無知のままセルゲイ・ディアギレフに紹介されること自体恥ずかしく、その男の顔すら面と向かって見られなかっただろう。

同じ演出家といっても東洋の島国、それも北遠の山村で育ち、子供時代は三河万歳が楽しみだったほど芸術とは縁遠い世界に生を授かった男と、ウラル地方の都会で音楽に造詣の深い貴族の両親のもとに生まれた男では生い立ちからお伽話のように違っている。

しかし一年余。白井も昼夜を問わず必死で勉強した。パリで見聞きするものすべてを吸い取り紙のごとく頭と体に叩き込んできた。

日本の少女歌劇団を「バレエ・リュス」のような世界的芸術集団にするつもりはない。

しかし、観客をいかに驚かせ感動を与えるかという限りにおいて、目指すところはディアギレフと共通している。その男に会ってみたいと思う。


白井が出立の荷物をまとめリヨン駅からマルセイユに発ち、そこからヴェネツィアに向かったのはパブロヴァ公爵夫人より八日遅れた八月二十日だった。

白井の到着の前日にセルゲイ・ディアギレフは入院先の病院で亡くなっていた。急激に悪化したという。死を看取ったのはココ・シャネル、エジェルトン夫人、踊り手としてディアギレフに寵愛されたリファール、秘書のコノフとパブロヴァ公爵夫人だった。

バレエを総合的な舞台芸術まで高めたロシアの風雲児がこの世から去った。

五十七歳。

パリを、ヨーロッパを、アメリカを熱狂させながら、ほとんど無一文だった彼のホテル代、治療費はエジェルトン夫人が、葬式代はシャネルが負担したという。

「ニジンスキーは来ないのでしょうか?」

白井はかつてディアギレフによって大成した憧れのバレエダンサーの名前を礼拝堂で口にした。

パブロヴァ夫人は白井の傍らに寄り、声を低めて言った。

「一人はかけがえのないパートナーだったけど、ディアギレフはニジンスキーがポーランド貴族の娘と結婚したことに激怒して、バレエ団を解雇してしまったの。その後、ニジンスキーは神経衰弱になり、精神を病んでスイスで治療しているらしいわ」

舞踊の神が体に宿ったかのように踊る天才ダンサーの宿命を想い、どれだけ憧れても近づくことのできないという事実が白井の胸にひたひたと忍び寄ってくる。

翌朝、ヴェネツィア湾の船着き場に三隻のゴンドラが係留された。一隻は黒い棺のディアギレフの遺体、二隻目にはロシア正教会の三人の司祭、そして最後のゴンドラにシャネルとエジェルトン夫人、パブロヴァ公爵夫人らが乗る。

白井はディアギレフが埋葬されるサン・ミケーレ島へ向かう三隻のゴンドラが朝靄の中に消えるまで岸辺で見送っていた。

後年、白井は「レビューの王様」とか「巨匠」と呼ばれるようになったが、その才能も生き様も自分は凡人であり、たまたま生きた時代に運がついてきただけだと謙虚に思えるのは、ディアギレフやニジンスキーといった天才の人生に触れたからであろう。

南仏からスイス、ベルギー、オランダを旅して再びパリに戻ったのは九月半ば。マロニエの葉は黄色く染まり、空気は急激に冷え冷えとしてきた。寒気が増すごとにオペラ大通りやロシュシュアール大通りの劇場街は生き返ったような華やかさを取り戻す。

白井は毎週木曜日、駅のキオスクで売り出される「パリのガイドブック」でこれといった出し物にペンで印を付けることに忙しい。このころになると帰国後の公演がいつも頭の片隅を占めていた。西洋ものをそのまま演じるか、部分的に取り入れるか、取り入れるとしたらどのようにタカラヅカ風にアレンジするか模索していた。

具体的な案が浮かぶと修正や確認のため劇場に通って同じ作品を何度でも見る。ニューヨークでミュージカル「ショウ・ボート」や「リオ・リタ」などを面白いと思ったが一、二回観たきりだ。脚本を持ち帰ったとしても日本で演ずることはとても無理だ。

パリでは時間をつくれば何度でも劇場に足を運ぶ時間がまだある。

クリスマスシーズンに入ると、シャトレ座のような民間のミュージカル劇場では子供も大人も一緒に楽しめる「ピーターパン」や「シンデレラ」などの演目が多くなる。「八十日間世界一周」は本物の馬が何頭も舞台を駆け回り、壮大なスペクタクル劇で話題になっていた。シャトレ座には専属のバレエ学校があり、中等科ぐらいから一般の教育とともにあらゆる芸事に厳しい訓練が施されていた。パブロヴァ夫人の伝《つて》で何度か見学させてもらった。


フランスの冬は日の出が遅い。二月に入っても、八時の空はまだ薄暗い。

白井がパリを離れるまで二か月余りになった。

クリスマスから四十日目の二月二日は聖燭祭である。フランスでは家庭でクレープを焼いて食べる。左手でコインを握りながら右手でフライパンのクレープをひっくり返すことができると良い一年になるという。

フランス語の授業に訪れた日、夫人がちょうどクレープを焼いていた。

「授業の前にクレープを食べながら、お話したいことがあるの」

アンドレイはお手伝いさんと外出中だった。

「実は、前から考えていたのだけれどムッシュ・シライは、このままパリで演出の勉強を続けて、こちらで演出のお仕事をされたらどうかと思います」

「えっ」

白井にとって予想もつかない人生の大事をまるで老舗デパートのプランタンで洋服を勧めるかのような口調で告げた。

「ムッシュ・シライにフランス語を一年間教えて気づいたの。あなたは物語の情感や言葉の使い方に鋭い感性をお持ちだと思います。だから異国の文化を理解し、それを別な他国の文化に融合させていく力があるのでしょう。そのお力をフランスで、いえヨーロッパで試してみてはいかがかしら。具体的に何をということは私にはわからないけど、きっと新しい作品を生み出すことができるでしょう」

「そんな風に見てくださったことは光栄です。でも、私は日本で本物のオペラやミュージカルに接したこともないまま十年もの間、四十作あまりの演出をやってきたことを恥じています。なんとかやってこられたのは、日本のレビュー界にとって早すぎる時代に生まれた幸運でした。帰国したら少なくとも自信の持てる作品を創ることのみを考えてまいりました」

「それはわかります。ムッシュ・シライはいつでも運が良かったとおっしゃるけれど、運だけではない。あなたは努力している。私にはわかります。努力なくしては、どんな運も拓かない。今の努力を続け、パリに暮らしたらあなたの才能はもっと……」

白井の目を覗くように見つめる夫人の瞳に引きずりこまれそうになる。

白井が心の奥に秘めた夢を夫人は言い当てた。

そして、つまりは白井のパトロンになってもいい――ということだ。それ以上の意味があるとしたら……。

「お返事は帰国まで預けておきますわ。そのままが無理でしたら、いったん帰国なさって準備をしていらっしゃったらどうかしら。あなたが本気でパリで活躍する場を探すのでしたら私だけでなく、ココもエジェルトン夫人も、その他にも大勢の方が応援すると思うわ」

日本の画家や文学者、詩人の間ではパリは憧れの地であり、カルチェ・ラタンの辺りではそれらしき日本人を見かけるが、舞台演出を学びにきているのは白井の他にいない。ましてやフランスでパトロンを持っている日本人芸術家はフジタ以外に知らない。もっともフジタ嗣治は半分以上すでにフランス人である。

「人生は出会いや別れを繰り返し続いていくの。で、その時々に何を選択するかで運命が決まってくるわ」

パブロヴァ公爵夫人の申し出を受けることは到底できない。

夢、幻の世界である。

妻や期待を寄せて帰国を待っている劇団のことを考えれば、白井には選択の余地などないはずだ。

それでも、彼はその場で断ることができない。

フジタに重なる自分の幻を追っていたかった。

「有り難いお申し出です。少し考えさせてください」

咄嗟《とっさ》に、曖昧な返事を口にしてしまう。

それから、何回か授業の時間を持ったが白井は返事をしないまま、また夫人もそれ以来、申し出を口にすることもなく帰国の日が迫っていた。


そしていよいよ、はっきりと返事をしなければいけない最後の訪問の日になってしまう。三月最後の週の一日、二年近くのパリ滞在で一番お世話になったマダム・グリヨンとパブロヴァ公爵夫人を訪ね、お礼とお別れの挨拶をすることにしていた。

彼の脳裏には二人の女性の出会いから今日までのさまざまな思い出が鮮明に浮かんできた。間借り人として多くの時間を過ごしてきたマダム・グリヨンのアパルトマン、彼女のことを知っているようで、真実は何も知らなかったことを別れの日に思い知らされた。パブロヴァ公爵夫人とは別れの挨拶の前に、夫人の申し出を断るという現実を告げなければいけない苦しい仕事が残されている。

大使館からパブロヴァ夫人のアパルトマンは徒歩で十分ほどの距離だが、白井の足取りは重い。アパルトマンの外扉のベルを押すと、顔なじみの警備員がドアを開けてくれた。住宅への階段を上ろうとすると、白井を引き留めた。

「パブロヴァ公爵夫人はお留守です。家には誰もおりません。あなたへの手紙を預かっています」

彼は警備室の机の引き出しから、封筒を差し出した。

「マダムはいつから留守なのですか」

「二日前に息子のアンドレイ君を連れて出発しましたよ。三週間ほど留守にするとのことです。詳しいことは知りませんが、その手紙に書いてあるのでは」

白井は警備員に礼を言い、来た道を引き返し始めた。が、目の前のベンチに崩れ落ちるように腰を下ろした。

封筒から二つ折りの便箋を取り出し街灯に照らして開いた。

よく手紙を開く日だ。

今日、四通目の手紙である。


――あらかじめお知らせできなくて申し訳ありません。

私はアンドレイと一緒にロンドンの亡夫の実家に参ります。アンドレイは今年の秋からロンドンの学校に通います。その準備のため彼を連れて私もロンドンに参ります。これは亡夫の義父母と約束してあったことです。アンドレイはサルコジ公爵家のたった一人の跡取りです。十歳までは私の手元で育てましたが、その後は後継者としてロンドンの館で暮らします。アンドレイをロンドンに送った後、私はヴァンヌに向かいます。

ムッシュ・シライのお返事はまだお聞きしていなかったけど、帰国前にヴァンヌでお返事をお聞かせくだされば、うれしく思います――

帰国

パリで勉強を続けたらという夫人の申し出を感謝と敬愛を持って丁重に拒む台詞をあれこれ考え、白井はその日、覚悟をもって訪れたのだ。

彼女の方から梯子を外されてしまった。

唐突とも思える行動だが、懸命に西欧の文化や風習を学び取ろうとする一人の東洋人男性への愛であり、亡命貴族の生き残りとして異国に彷徨っている女性の叫びにも聞こえる。

白井には帰るべき国、帰りを待ち望んでいる人たちがいて、やるべき仕事がある。公爵夫人には帰る故郷もなければ、たった一人の息子を手放した後、誰もいない。

白井が呪文のように繰り返してきた別れの台詞は消し飛んでしまった。

マルセイユから欧州航路で日本に向かう切符は手配してある。

出航日は四月十六日。パリを三日前の十三日に出立するつもりだった。そのことはパブロヴァ公爵夫人に伝えてあったはずだが……。

白井はホテルに戻るとヴァンヌに電報を打った。

二日後、すべての荷物を荷造りしてホテルのクロークに預け、チェックアウトすると、ヴァンヌ行の列車に乗った。

どのような結末になるのか……。台詞すら浮かんでこない。

ただ、かつてないほど胸は高鳴り、甘く切ない思いを噛みしめながら列車に揺られていた。

駅では車の傍らでリシャールが手を振っていた。町は昨年の夏に訪れたまま、のどかであるが、季節だけは冬から春に変わりつつある。

パリより春の訪れは早い。

やわらかな春の陽を浴びてミモザが黄色の花を咲かせ駅舎の屋根を覆っていた。

別荘に着くと、パブロヴァ公爵夫人とリシャールの母親が料理の支度中で、父親は牛舎と鶏小屋を行き来している。夏に滞在した時の懐かしい風景だ。

アンドレイの姿だけが見えなかったが、誰も話題にしないで忙しく体を動かしている。

家族の一員が帰ってきたように皆が白井を喜んで迎えてくれた。

一か月余り滞在しただけのブルターニュの地方都市であるが、懐かしい。パリではいつも追い立てられ、敵地にいるかのように緊張していたのだろうか、「モン・ヴァンヌ《私のヴァンヌ》」

――思わず口にした。

翌日の午後、夫人は乗馬クラブで二頭の馬を借りてきた。

「久しぶりでしょ。街を散歩しましょう」

まるで白井への手紙のことは忘れたかのように快活な声で呼びかけ、片方の手綱を白井に渡し、馬の背に飛び乗った。彼女は乗馬靴と乗馬ズボンに着替えていた。

白井も言われるまま手綱を握ると、もう一頭に飛び乗る。

乗馬は昨年の夏、リシャールに教えてもらった。初めてだったが、元ダンサーでもある白井にとっては揺れる背でバランスを取る感覚はすぐ身に付き、半日の練習で乗りこなせた。

夫人は丘から町に下り、モルビアン湾を囲む南側の半島の先まで進めた。馬に乗ったまま先端の岬に立ち止まり、空と海を見つめ続けていた。

風が出て、わずかに白波が立ち始める。

「少し寒くなってきたわ、戻りましょう」

来た時よりもゆっくりと馬を進める。マルル川に沿った古い城壁の対岸をサン・ピエール大聖堂まで来たところで馬を留めた。城壁の周りの庭園は手入れが行き届き、大聖堂の手前の公園ではリラの白いかぐわしい香りが満ちている。一方、花崗岩のゴシック様式の大聖堂は表の明るさに比べ薄暗く、荘重な雰囲気は来る者を別世界に招き入れていく。

大聖堂を見学して外に出ると、時雨のような細い雨が降っていた。

海沿いの天候は変わりやすい。

二人は鐙《あぶみ》を馬の腹に当て早足で別荘に戻る。

夕方、夫人は頭痛がすると言って夕食を取らないで寝室に向かった。

翌朝、夜が明けると陽の光が部屋に射し込み、青い空に白いレースのような雲がたなびいていた。塩気を含んだ風は暖かい。

「昨日はごめんなさい。急に悪寒がしてきて気分が悪くなってしまったの」

「まだ、休んでいたほうが良いのでは……」

「大丈夫、熱もないいし。食欲もあるわ。それより、今日はムッシュ・シライをカルナックにご案内したいの。リシャールの車で。今朝、彼にお願いしたの」

「あの巨石の草原ですか」

「そう、形も大きさも違う数千個の石が並んでいたり、無造作に転がっていたりする。

いつ、誰が、何の目的でそうしたのか謎のまま。でも一度見たら一生忘れない神秘的な風景だわ」

白井は彼女が何故、そんな場所に案内したがっているのかわからないまま、彼女の計画に乗るしかなかった。

リシャールの運転する車で向かったカルナックは大西洋に面したこぢんまりした港町。町の中心部にある居酒屋兼食堂で簡単なランチを取り、巨石群の入り口の案内所まで送ってもらう。

二時間後に落ち合うことにして、二人はとりあえず案内所に入った。

十坪ほどの案内所は誰もいない。まるで田舎の無人駅舎のようだ。

壁に巨石の位置を示す手書きの図が貼ってあった。

海とは反対方向とはいえ、バカンスの時期であれば海水浴に来た観光客の姿も見られるであろうが、四月の復活祭の前に訪れる観光客もいない。しかし、開いているところを見るとたまには地元の人が立ち寄るのであろう。

公爵夫人は先に立って、市場で店に向かうような慣れた歩調で歩き出す。白井も周辺の奇妙な風景に目を奪われながら彼女の後を追う。

畏敬に近い感情が湧いてくる不思議な風景だ。

数えきれない石が草原に間隔をあけ、海風に晒され並んでいる。その間隔も一定ではない。

小は五十センチから大は五メートル以上、数百トンに達するであろう巨石もある。

このまま歩みを進めれば引き返すことができない世界に踏み込んでいくのではないか。

古代ガリア戦士の墓標か、宗教儀式の記念塔か、宇宙の彼方の精霊のいたずらか。

いつ、誰が、どのようにして、なんの目的でこの草原に巨石群を置いたものだろうか。

巨石の丘を黙って歩く。

しばらくすると直立した単独の巨石群でなく、縦長の石を並べ、上に横倒しの天井石を載せた石室に辿り着いた。覗くと中にいくつかの室がつながっている。

夫人が振り返った。顔が上気している。

「ここは最初、夫が案内してくれたの。彼のルーツはケルトだから。二回目は夫が亡くなった時、アンドレイを連れてきたの。そして今日が三回目」

白井はなんと返事してよいか分からず、黙って頷いた。

「この風景はいつも私に力を与えてくれる。巨石は数千年も前から何も語らず、ただ立ち続けている。古代の人々が何かの祈りを込めて何千人もの人の力で運んできて、配列したのでしょう。彼らは遥か昔に亡くなり、この石だけが唯一、彼らの存在の足跡を残しているのよ。私はそう考えるの」

彼女は巨石の列に目をやり、遠くを見つめて独り言のように呟く。

「この風景を見れば、一人の人生の悩みや苦しみ、悲しみ、嫉妬や争いもたいしたことでなく、ひと時の戯れなのかもしれないと思うわ」

パブロヴァ夫人はパラソルを畳み、腰をかがめて石室を覗き込みながら足を踏み入れていく。

「ムッシュ・シライ、あなたのお返事を聞かせていただくわ」

レースの白い手袋をつけた夫人の左手が白井に伸びる。

岩室の中は光が届かず薄暗く、彼女の顔は白く浮き上がっていた。

ここでもし、彼女の手を握り返せば……。

白井の人生が変わってしまう。体が硬直する。

何も考えず、ひたすら彼女に委ねてしまいたい。

自分もカルナックの石になりたい、と思う。

操り人形のようにゆっくりと彼女に両手を差し出しかけた時、後頭に稲妻が閃き白い影が現れた。

踏み出そうとした足が止まる。

幻影が白井を諭す。

――引き返しなさい。君は己の運勢の行きつくところまで辿り着いたのだ――

背中に白い翼を背覆った装束、片手に羂索《けんさく》を持ち、もう一方に数珠を下げている。長い白髭、広い額の下の鷹のような鋭い眼差し、老齢だが背筋は真っすぐに伸びている。

「もう十分であろう」

そう告げると、幻は消え去った。

その幻影を白井が見たのは二度目だ。

東京でダンサーを目指していた十代の終わり、師匠の岸田に宝塚に誘われ迷っていた。

夢の中で何者かが背を押す。

振り向くと白装束の烏《からす》天狗がいた。

「西へ行きなさい」と告げ、姿が消えたことを思い出した。

公爵夫人に差し出しかけた両手が力なく下がる。

「私は……」

「ムッシュ・シライ、あなたのお返事、わかりましたわ」

「申し訳ありません。ご厚意に応えられなくて……」

「いいえ、わかっていたから……。口にするのが恐ろしかった。でも後悔したくもないから」

白井の瞼の裏が熱くなり、声が詰まる。

革命で両親と血族、祖国を失い、結婚したイギリス人の夫は夭折。残された一人息子は夫の実家に去ってしまった。

彼女の深い悲しみと寂しさを思いやると白井は遣《や》るせない。

白井のパトロンとなり、人生を歩むことを考えてくれたとしても、白井には彼女の背負っている孤独を救うことは到底できないだろう。

「リシャールが待っているわ。戻りましょう」

何事もなかったようにスカートの裾をつまんで石室から出るとパラソルを広げ、白井の耳元で少女のように囁いた。

「プロシァイチェ」

かつて夫人から教えてもらった、永遠の別れのロシア語「さようなら」だった。

白井は翌日の昼の汽車でヴァンヌを発った。

駅にはパブロヴァ公爵夫人、リシャールとリシャールの両親も見送ってくれた。列車が動き出すと微笑んでいた夫人の顔にわずかな翳りが浮かぶ。

「さようなら、マドモワゼル・イリーナ、お元気で」

白井の声は車輪の音にかき消された。

列車の速度が増し、林檎畑や童話のような木骨組の家並みが走り去るにつれ、白井の目に熱い涙がにじみ、たちまち空と地の境も霞んでくる。

一週間後、白井はパリを後にマルセイユに向かい、日本に向かう欧州航路のフランス船の船上にいた。二年前は言葉も分からず日本の船でサンフランシスコに渡り、アメリカ大陸を経て、大西洋からマルセイユの港に着いたのだ。

思えば当時、見るもの、聞くものすべてが珍しく、不安と衝撃がない交ぜになった旅だった。帰国はフランス船を選ぶことに不安も躊躇いもない。日本に着くまでせめて異邦人でいたい。乗船客の中に日本人は白井の他にはいない。

船はアラビア半島、インド、サイゴンに停泊しながら四十日後、神戸に着いた。

昭和五年五月十五日だった。

港には歌劇団の関係者や生徒が大勢手を振って出迎えている。

その中に妻の顔もある。高校生の史郎君の姿もあった。


八月、白井の帰朝第一作「パリゼット」の幕が開いた。

作品中にブルターニュの若者が登場し、「すみれの花咲く頃」の歌が流れる。

強烈な原色のトリコロールカラー、本物のシャンソンとジャズ、燕尾服とシルクハットで床を打ち鳴らすタップのスピードと迫力。健康的に素足を上げる美しいラインダンス。

パリで買い求めたスパンコール衣装やダチョウの白い羽根扇。本物のパリの色、パリの香り、パリの息遣い。

公演は三か月のロングランとなる。

第二章　秋葉街道

白井鐵造（幼名、虎太郎）は南アルプス赤石山脈の南端、静岡県周智郡犬居村（現、静岡県浜松市天竜区春野町）の出身である。

犬居村は長野県、愛知県にまたがる遠州最北に近い山峡の集落だ。浪曲「森の石松」で知られる森町の奥地、あるいは天竜川支流で鮎釣りの清流気田川、火祭りの秋葉山の名を言えば、たいていの人には想像してもらえるであろう。今は新東名の森掛川インターから三十分足らずで当地に至る。

虎太郎が生まれたのは明治三十三年。東海道線の最寄り駅、浜松には徒歩と馬車、軽便を乗り継いで一日がかりだった。多くの物資がサッパ船で運ばれていた時代である。

虎太郎には姉と妹のほか、父の連れ子で十歳年上の兄がいた。

天狗の里

夜が明けかけている。

生まれ出たばかりの薄明りの中で瞼を上げてみた。

庇《ひさし》の下の格子窓に絹糸のような細い雨が降り注いでいる。

窓辺近くに寝かされているようだ。

温かく包まれていた世界から放たれた世界はわずかに肌寒い。

雨は夜半から降り続いているようで、辺りは湿り気のある空気に満ちていた。

バサリという音がして白い羽の一遍が庇を掠《かす》めて飛び去っていく。

ざわざわと次第に近くなる人声――

「ヒデさん、男の子だよ。元気じゃ、心配せんでもいいで」

「松作はどこだ？」

「四、五日前から、秋葉山の三尺坊に行っているそうだで。寺の欄間の修理で十日ほど泊まり込みだと」

「臨月だとわかっていたずら。相変わらず勝手な人だ」

「朝飯《めし》すんだら、岩吉を知らせに行かせるか」

「とき子、もうちぃっと湯を沸かしてこんか」

村の女衆の声だ。

どうやらヒデという人が母親らしい。松作は父親だろう。岩吉やとき子は兄と姉だろうか。

そんなことを推し測りながら、赤ん坊はそのまま寝入ってしまった。


五年と半年がたち、妹の典子も二歳になった。

「おらは雨の日の朝に生まれただら？　窓から天狗さんを見たで」

虎太郎はある時、母と隣家の茶店のおかみさんに得意になって言った。

土間で渋柿の皮を剥いていた二人は笑って相手にもしない。

「そうさ、虎ちゃんはたしかに雨の日の夜明けに生まれたけどな、生まれたばかりの赤ん坊には何にも見えんで。まだ目は開いてないさ」

母が言えば、おかみさんも「本家のお菊婆さまの話を聞いて、雨を見たと思い込んでしまったずら」。なんとか虎太郎の記憶を打ち消そうとする。

「天狗の話もお婆さまの話を聞いて、夢を見ただ」

「お菊婆さまは女学校出とるで、物知りじゃ。この辺りの昔話もたくさん知っとるで」

お菊婆さまというのは、虎太郎の母ヒデの母親のことだ。本家のお菊婆さまは子供を三人産んだが、みな女の子だった。代々大工の棟梁の家柄なので、いずれは三人うちの一人に大工の養子を取って家を継いでもらうことにしていた。

虎太郎の母ヒデは次女だったが幼い時から心臓が悪く、無理の利かない体だった。その母が長女より先に、住み込みの弟子の一人、つまり虎太郎の父、白井松作と一緒になってしまった。

棟梁でヒデの父親である本家の嘉助爺さまは「親も知らないうちに、みっともないことだ」と二人を詰《なじ》り、式も挙げなかったという。二人の結婚をしぶしぶ認めたものの、それ以来、嘉助爺さまと松作はめったに口を利かなくなってしまう。指物の仕事も棟梁からは直接まわしてもらえない。

「ヒデは他所《よそ》の男に騙されちまったのさ」

お菊婆さまも松作のことを良くは言わないが、それでも本家と分家になった白井家の間でなにかと気遣っていた。虎太郎の姉のとき子も虎太郎も病弱な母のヒデの代わりに、お菊婆さまに育てられたようなものだ。

虎太郎の幼いころ、両親は本家の周りの空き家を借りるため、何度か引っ越していた。父の収入が不安定なためだったことを虎太郎は成長してから気づいた。

母と茶店のおかみさんは世間話をしながら手を休めることなく渋柿の皮を剥いている。今年は豊作だとかで、竹籠に剥いた渋柿が隙間なく並べられていた。

茶店の仕事は一日中忙しいわけではない。

秋葉山へ参詣する信者や旅人、商い人が往来する昼餉《ひるげ》に、軒先の縁台で茶を出し、弁当のおかずになる芋やゴボウ、ダイコンやシイタケ、油揚げの煮物を売っていた。

傍らで亭主の方は朝から晩まで草鞋を編んでいて、これも売っている。

夫婦して大きな商いではないが、それなりの稼ぎはあるようだ。

秋葉街道を徒歩で山越えして来た者には草履が擦り切れる頃合いであり、腹も空き、喉を潤したくなる。

「この辺りの柿は甘味が強いからさ、結構な土産物になるで」

皮を剥いた渋柿をおかみさんが手際よくタコ糸に通して軒下につるしていく。

「虎の生まれた日は松作さも、岩吉兄さも留守で男手は誰もおらんで、鍛冶屋の徳さが取り上げ婆を呼びにいってくれたんじゃ」

それは初めて聞く。

「夜、遅くに家へ帰ってきた父ちゃんが、〝虎太郎《とら》〟と名を付けただで……。丈夫な子に育つようにと父ちゃんなりに考えただよ」

母が言い添えた。

父の言うことにはどんなことでもおとなしく聞く母は、頭に〝猛獣〟の名を冠することに反対はしなかった。

ちなみに虎太郎の干支はネズミだ。

生まれた時、初めて目にしたのが雨。

耳にしたのは雨音と白い塊が庇の外に飛び去る羽ばたきの音。

あれは秋葉山の天狗さんに違いない。

そのことを得意げに話すたび誰も信用してくれず笑われた。

「そうじゃよ。虎は秋葉の天狗さまに守られているのじゃ。悪いことすりゃバチが当たるけどな、いいことをしていたらきっとご利益があるで」

お菊婆さまだけは笑わなかった。

婆さまの話に納得したわけではないが虎太郎は生まれた日に見聞きした記憶を口にしないようになっていった。

勝軍橋

生まれた日の記憶は別として、虎太郎には尋常小学校に上がる前の強く残る情景があった。

妹の典子がいつ生まれたのかは正確に覚えていないが、数えで三歳違うから虎太郎が四歳ぐらいの頃だろう。体が弱かった母は妹を生んでからさらに具合が悪くなり、乳離れした時から妹の面倒は本家のお菊婆さまが見ていた。

典子はいつも頭に白い布を巻いていた。両手も同じ布で巻かれていた。一人歩きができない時分からお菊婆さまが包帯姿の妹を背中におぶっていたから、生まれてすぐに白い布が巻かれたのだろう。

お菊婆さまは冬でも風がない天気の良い日、虎太郎の手を引き、妹の典子を綿入れでくるんでおぶい、散歩に連れ出してくれた。

両側に人家の並ぶ通りの店先や、すれ違う近所の顔見知りと挨拶しながら気田川沿いを上《かみ》に向かい、勝軍橋の袂でひと休みするのが決まりだ。

虎太郎も川原の浅瀬の水を掬ったり、対岸に小石を投げたりして遊んだ。

勝軍橋は人と荷馬車が通るだけの木橋だったが、若身平や気田川支流の奥の集落の人らが天竜川から二俣、浜松に出る時や東海道筋から森、三倉を経て秋葉山にお参りする人、秋葉街道を往来する人にとって重要な橋であった。

橋の袂辺りで、近所の子供らが秋葉詣でをする信者を囃《はや》していることもある。

「ドウジャ、ドウジャ！　銭撒いておくれ、撒いてくれるドウジャは米道者！　撒かぬドウジャは糠道者！」

四、五人で調子をつけながら信者たちの前後を、村の入り口辺りまで付きまとっていく。子供らにとって、銭が欲しいというよりも遊びのようなものだ。

それでも中にはいくらかを子供らに渡す道者もいた。

空っ風の吹く冬や雨の日を除いて本家のお菊婆さまと典子と三人、川べりで勝軍橋を渡る人や台車を引く馬、陽の光でキラキラと光る川面を眺めていた。

半時もすると「さー、いこまいか」という婆さまの声を合図に立ち上がり、川原から離れ、畑の畔を城山の山裾に向かう。緩やかな上り坂を熱田神社まで歩くと、境内のお堂の脇に腰を下ろし、ここでもひと休みする。幼いとはいえ二歳の典子をおぶっての坂道はお菊婆さまにはきつかっただろう。

境内の杉木立の合間からは気田川の流域が見渡せる。帆掛け船の白い帆が風にあおられ、はためいていた。日によって一、二隻の時もあれば十隻近くの船が上流へと遡っていく。

上流には王子製紙という大きな工場があって、朝方にできた製品を二俣まで運び、戻り船には魚や調味料や犬居では売っていない材料などを奥へ運んでいる。

東京の王子にある会社が作ったので、王子製紙というそうだ。日本で初めて気田川の奥で材木から紙を作る工場ができた。虎太郎の生まれる十年ほど前のことだ。渋沢栄一という偉い人の会社だと話してくれた。

お菊婆さまの口からは六十年に一度咲く〝京丸ボタン〟や〝新宮の池の大蛇〟の伝説話

だけではなく、大人が話題にするような話も出てくる。王子製紙ができたことで山仕事や筏《いかだ》流しの仕事しかなかった、ここらの男衆に安定する仕事場ができ、また他所からも大勢の人が出稼ぎに気田に入ってきたため、景気が良くなったという。

「虎太郎も学校でソロバン習って、王子で働かせてもらうかい」

お菊婆さまは思いついたふうに口に出した。

突然のことで虎太郎は返事ができない。

「それとも虎は、大人になってなりたいことあるのかい?」

虎太郎はその時、初めて自分の将来とか未来を意識した。

「まあ、ゆっくり考えればいいがね」

婆さまは笑いながら言った。

虎太郎は気がかりなことを聞いた。

「婆さま、典子はどうしただ、いつも白い布を巻いて」

婆さまは背中の典子をあやしながら「これはオデキといってな。頭にブツブツができて、痒くなるんじゃ。包帯を巻いてないと、腫物に埃がついて余計ひどくなるで、血も出る。手を縛っているのは痒くて典子が頭を引っ掻かんようにせにゃいかんで」。

典子の頭に顔を寄せると、いつも薬の匂いがしていた。

「典ちゃんの頭はどうなるじゃ」

虎太郎は典子の将来のことが気になった。

「心配せんでもいい。大沢先生の言うことじゃ、だんだん良くなってくるそうだ」

虎太郎が覚えている典子は、いつも頭全部を包帯に巻かれ、目と鼻と口だけが開いていたので赤ん坊の典子の顔を見たことがなかった。

典子の顔を見たのは虎太郎が尋常小学校の一年になるころだと思う。オデキが治り、包帯を取った典子の顔は白くて愛らしかった。典子は嫁に行かれんじゃないか、とひそかに心配していた虎太郎は自分ごとのように嬉しかった。

長い睫毛や桜色のふっくりした小さな唇は母に似ている。顔立ちも母に似ていたが、手足が細く、体も頼り気ないところは病身の母の体質を受け継いだのであろう。

病弱な典子は嫁に行く前に十代半ばで逝ってしまった。

十歳年上の兄岩吉は尋常小学校を卒業するころ、病名はわからないが、一日中、物を食べる病気に罹《かか》っていた。腹いっぱいになって吐いても、まだ食べる。その繰り返しだ。

心配した母は大沢先生に相談した。

心の病が原因で、「時間がたてば治っていくだろう」と言われた。

母は兄の気を紛らわせるため、川原で一日中、兄を好きなように遊ばせていた。

兄が川で拾った丸太を組んで筏を作り、川辺に堰を作って捕まえたハヤやウグイを泳がせている様子を黙って日が暮れるまで見守っていた。

岩吉は四歳の時、父の連れ子だということを知らされないまま、犬居村の白井家に引き取られた。

母ヒデが望んだことである。母は下の三人の子供らと分け隔てなく接していた。むしろ岩吉には余計気を遣っているようだった。それに比べると本家の嘉助爺さまやお菊婆さまは傍目にも血のつながらない長男の岩吉によそよそしかった。

多感な年ごろの岩吉は妹たちや弟、父と母、本家の祖父母の微妙な人間関係の狭間に何か相容れない空気を感じていたのだろう。

筏師

近所に岩吉の憧れの筏師、康平がいた。

康平は弟のように岩吉をかわいがり、雨で気田川が増水して筏に乗れない日には、筏の組み方や、筏の集積する天竜川下流の二俣や鹿島の話をしてくれた。

岩吉の気をもっとも引いたのは、筏乗りが畑仕事や大工、山仕事や木挽《こびき》よりもお金になるという話だった。

家が貧乏で、母が相当やりくりに苦労していることを岩吉も承知していた。

父の松作は指物職人としての腕は良かったが、プライドも高く気難しい人間だった。気が向くと寝る間も惜しんで仕事をしているが、気が向かない仕事は断ってしまう。

「そんなつまらん仕事は俺じゃなくて、そこいらの見習い小僧でできるさ。俺の腕を見込んでの注文なら、もっとましな仕事をよこせ」と高飛車だ。

仕事をしているとき以外、酒が手放せない。朝から飲んでいることも度々である。

母が本家の賄いや繕い物の手伝いをして、野菜や芋、粟、稗をもらっているのを岩吉も姉のとき子も、虎太郎も知っていた。

岩吉が尋常小学校を卒業する年の正月明け、松作が出がけしなに岩吉に声を掛けた。

「春には卒業だな。そろそろ仕事を教えるから、父ちゃんが帰ったら仕事場に来いよ」

岩吉は即座にはっきりと言う。

「俺は、大工にも指物師にもならんで」

松作が眉を寄せて岩吉の肩をつかむ。

「何だと、父ちゃんの後を継がんというのか」

「俺には向いとらん。もっと、体、動かす仕事がしたいだ。筏乗りになるで。康平兄ちゃんに頼んである」

「勝手なこと言いくさって。許さんぞ」

「筏乗りの方が金になるで。俺は、俺は稼ぎたいじゃ。貧乏は嫌じゃ」

岩吉は父親を睨むような眼で見据えた。

「母ちゃんが大変だら！」

最後の叫びは松作の怒りを買った。

仕事部屋にある材料や指物道具をしまってある一間ほどの物置部屋に岩吉を閉じこめ、表側から支え棒をかましてしまう。

「岩吉、そこで頭冷やせ」

母のヒデには「しばらく、ほっとけ」と釘をさして、出ていってしまった。

ヒデは、鼻水をすする岩吉の閉じ込められた戸に「岩吉、父ちゃんにあやまりな。突然、筏乗りだなんて、母ちゃんも驚いたで。おまえが父ちゃんの後を継がんことは時間がたてば父ちゃんもわかるって」

一部始終を見ていた虎太郎は兄と同じように父親への怒りが込み上げてきたが、どうすることもできない。

「筏師なんて、危ない仕事だ」

松作が夜、酒を飲みながらヒデにぼそっという。

岩吉を後継の指物師にする話はそれっきりになった。

兄が「心の病」になったのは、その頃だったと虎太郎は記憶している。

原因は父に筏乗りになることを叱られたことではなかった。

松作と岩吉の諍《いさか》いがあって、家族の間が何とはなしに気まずい空気の日々の中で、事故の知らせが入ってきた。

若身平の船頭の茂作爺が家の裏口でヒデを呼んだ。

「岩吉は家にいるかい」

「筏に使う藤蔓を集めに秋葉街道の小奈良安《こならやす》の方へ行くって朝早くに出かけたが、何かね」

「そうか。わしから言いづらいから、ヒデさから伝えてもらいたい」

「悪い知らせかね」

「康平がさ、筏乗りの康平が筏から落ちて死んじまった。昨日のことだ、今朝、天竜川の横山橋の辺りで死体が上がった」

茂作爺の言うことには、急に暖かくなり雪解けで気田川の支流の杉川や石切川が増水し、流された丸太が貯木場にあふれていた。

気田の筏師の組長の差配で、急いで筏を組んで天竜川の材木問屋に送ることになり、康平も見習いの若者と四十本の丸太を二連に組んで気田川を下った。

本流の天竜川に気田川が蛇行しながら合流する千草は一番の難所といわれ、二つの川からの水流がせめぎ合い、大小の渦を巻いている。

筏師はその日の水流を読みながら櫂を操り、トビ口の付いた竹竿を岩場に当て、難所を乗り切っていく。

命がけであるが、家康の時代から続いている天竜下りの筏師の仕事だ。

その日、康平は長さ十メートル以上、幅五メートルに組んだ筏を二連に操り、千草の渦に近づいていった。手前から大、中、小の三つの渦がとぐろを巻くようになっている。渦の手前で筏を岩懐《いわふところ》に寄せて、水勢が収まるのを待つ手もあるが、半日から一日遅れてしまう。そうする時もあったが、康平はその日の水勢がそれほどでもないと判断し、後ろの若者に合図を送ると渦の中に乗り出していった。

たちまち、先頭の筏の左端が渦に引き込まれ始める。

普段でも上流から流れてきたものは何でもいったん、渦の中に引き込んでしまう。底まで引き込むと、しばらくして浮かび上がってくる。

筏乗りでも船頭でも川で仕事をしている人間は誰でも知っていることである。

筏が渦に巻き込まれる寸前、筏師は崖の大木から下げてある縄状に編んだ藤蔓をつかんで筏から体を離し、ぶら下がる。筏が浮き上がってきたところを見計らって再び跳び乗る。こうして渦を乗り切るのだった。

その日も、崖から下がる藤蔓に二人が跳び移ったはずだったが、筏の後ろに乗っていた若者が藤蔓をつかみ損ねた。康平が気付いて自分の藤蔓を若者に投げ、別な蔓を掴みかけたところ筏もろとも渦に巻き込まれてしまったらしい。

若者は浮かび上がった筏に飛び乗り、二俣で康平の事故を筏組合に告げた。すぐに船を出し、何人かが探しに上流に向かったが、結局、横山集落の浅瀬で康平の死体が見つかったという。

母から事故を聞いた岩吉は、「ウソだ！」と叫び、肩に担いだ藤蔓を放り出して川へ走った。夜になっても真っ暗な川を見つめて立ち尽くしている。母が家に連れ帰ったが、岩吉の様子はなんとはなしに変だ。表情もなくうなだれていた。

岩吉が餓鬼のように食べ物を口に入れるようになったのは、それからだった。卒業式にも出席しない岩吉を母のヒデは非難もせず、川原の石を拾っては二人で手作りの石塔を建てていた。

数年後、虎太郎が尋常小学校の最年長になったころには、兄は犬居の筏組合に入って、一人前の筏師として働くようになっていた。そして、康平が岩吉に話したように二俣や鹿島の話をしてくれ、時にはあめ玉などの土産を虎太郎や妹の典子に買ってきた。岩吉のおかげで暮らし向きも、少しは良くなっていく。

虎太郎の就職が決まったある日、筏流しを終え二俣から帰って来た岩吉は虎太郎を川原に誘い、心の病が治った子供時代のことを話してくれた。

「虎が他所《よそ》に行ってしまったら、めったに会えんだろうからな」

筏師になって十年近くなる岩吉は組頭の補佐をするほどになっている。

白木綿の下着の上からでも胸の隆起が分かるほどの体格で、赤銅色に焼けた顔と首を盛りあがった肩の筋肉が支えていた。

十三になっても細身で色白の虎太郎に兄の姿は頼もしく眩しかった。

「俺がお前と同じ年のころ、餓鬼のように物を食って、お袋を心配させたのを覚えているだろう。あの時は康平兄さの事故で、どうしていいか、わからなくなってしまった。事故の前の日まで、康平兄さは丸太の組み方を教えてくれていた。藤蔓がたんといると聞いて俺は兄さのために藤蔓を採りに行っていた。その日に兄さが死んでしまった。人があんなに簡単に死んでしまうなんて俺には信じられんかった」

岩吉は思い出すように遠くへ目をやる。気田川を囲む山々は新緑の時期を過ぎて夏を迎えようとしていた。上流の舟木《ふなぎ》に渡しのサッパ船が係留され、船頭が対岸の明野《あすの》に渡る客を待っている。

「俺が母ちゃんの子供でない、虎やとき子、典子と母親が違うということを知ったのも同じころだ。船小屋で船頭らの世間話を聞いてしまったのさ。俺はすぐにお袋に確かめた。お袋は別に驚きも慌てもしないで――おまえさんの本当の母親は生きているよ。会いたければ、いつでも会いに行っておいで――と言ったさ」

岩吉は虎太郎が見たことないような真剣な顔つきになる。

「俺はその時、この人を、育ててくれた母親を絶対困らせてはいかん、と心底思った。病気なんかして甘えている場合じゃないと。体の底から力が湧いてきた」

川面に目を向けながら、「そして、決めたのじゃ。康平兄さのような筏師になって、母ちゃんに恩返ししなきゃバチが当たるって」

独り言のように呟くと虎太郎を振り返り、照れたように笑う。岩吉の目は優しかった。

芝居小屋

家で熱心に勉強しているわけではないが、尋常小学校に上がった虎太郎の成績は良かった。特に国語の読みや漢字の書き取りは得意だった。習字はいつも朱の三重丸を付けられ、学年別に廊下に張り出される一人だ。

しかし、目立たないことが目立つほど、おとなしい生徒であった。

学校から帰っても同じ年ごろの男の子はチャンバラごっこや木登り、相撲、川を堰で囲みウグイを捕まえたり、野山を駆け回ったりしていた。上級生になると農家や木挽きの家の子らは授業が終えると家業の手伝いをするのが当たり前だった。

虎太郎の家では父は他所者の職人であり、畑も山も所有していない。したがって、虎太郎は家の手伝いといっても、雑巾がけや薪割り、妹の子守りくらいだ。

松作は子供のしつけに厳しかった。姉のとき子と虎太郎に学校へ行く前には家中の板間や縁側を雑巾がけし、庭掃除してから登校することを命じていた。真冬、井戸水を盥《たらい》に入れて雑巾をすすぐ時、手は真っ赤になり、最初は泣きたくなるほど辛かった。

学校から帰ると、母の手伝いのない時はたいてい、妹の典子や彼女の友だちの女の子と遊んでいた。

虎太郎が誘いに乗ってこないことを承知で、悪戯好きな男子がわざと声を掛けてくる。

「虎公、今日はウサギを仕掛けにいくぞ、おまえも来んか?」

虎太郎は相手から目をそらし「いや、妹の子守りをせんといかんで」と断る。

虎太郎をからかうのも腕白小僧らの遊びの一つでしつこい。

「お前、いつも妹や女とばかり遊んでいるのだな」

「やい、女虎、そのうちお前も女になっちまうで」

「相撲も取れないくせに虎太郎なんて名前つけるな」


虎太郎が活躍する唯一の学校行事が学芸会だった。

初めて国産オルガンの製造に成功した山葉寅楠が明治三十年に設立した日本楽器製造株式会社（現ヤマハ株式会社）は浜松の会社であり、虎太郎が入学した明治四十年ごろには北遠の小学校にもオルガンがあった。静岡の女子師範学校を卒業した川口みつ先生が熱心に指導していた。音感が良くオルガンに興味を持つ少年はすぐに若い女教師の目に止まり、学年ごとの合唱発表で、虎太郎は毎年独唱の一人に選ばれた。川口先生のオルガンに合わせて「村の鍛冶屋」とか「茶摘み」、「朧月夜」を唄っていた。

お伽劇でも主役か主役級の役に選ばれる。台詞覚えも抜きん出ていて、他の生徒の台詞まで暗記してしまう。「浦島太郎」ではお爺さんになり、「桃太郎」では雉を演じた。

中でも好評だったのが五年生の時の牛若丸の役。きれいで凛々しかった、としばらくは近所の評判になっていた。

生来の才なのかわからないが、普段は内気で目立とうとしないが、学芸会で役がつき、練習が始まると顔の表情も役になりきって、性格までも変わってしまう気がした。不思議だったが、気持ちが高ぶり、とてつもなく愉快でもあった。

明治の終わり、西洋から音楽や演劇が入ってきて、東京では「昼は三越、夜は歌舞伎か新派の観劇」などと言われていたが、北遠の山峡の集落の子らが都会の〝芸事〟に触れる機会など皆無である。正月過ぎに訪れる三河万歳が子供にとっての楽しみだ。子供らは彼らの後を集落の端までついて行く。

本屋もあるわけではない。虎太郎は読むことが好きなので、大人の読み物、講談本を父に隠れて読んでいて、見つかっては怒鳴られた。

「お前の同級生は学校から帰りゃ、畑仕事や山仕事手伝っているじゃないか。そろそろ作業場で父ちゃんの仕事を見ていろ」

父の仕事を手伝うのは、どうしても気が進まないし、岩吉兄と同じで父の仕事を継ぐ気もない。なるべく父と顔を会わせないようにして、こっそり講談本を読んでいた。いつしか「孝女の仇討ち」や「塩原多助」「佐賀の夜桜」などは諳んじていた。いつごろできたか知らないが、虎太郎が尋常高等小学校に通う十歳の時には若身座という芝居小屋があった。

そのころ、犬居村では若身平が一番繁盛していて、表通りには旅館や船宿、居酒屋、食堂、蕎麦屋、雑貨屋、呉服屋から銀行、郵便局などが並んでいた。

芝居小屋は表通りから一筋入った材木問屋と銭湯の間の平地に建てられていたが、興行がいつもかかっている訳でもない。年に何回かだ。

盆や正月、祭日や有名な秋葉の火祭りには必ずかかる芝居小屋の興行は、村の大人たちの娯楽であるが、客は地元の人でなく、ほとんど全国からやってくる秋葉山の参詣客や気田川を往来する船頭や筏師たちだった。

もとより、子供の小遣いで見に行けるものでもない。子供らはせいぜい小屋の周りで遊んでいた。

演劇団は家族中心の七、八人でやってきて五、六日の興行もあれば、二十人以上の大所帯が何台もの大八車に芝居道具や衣装を積んでやってきて、ひと月近く演目を替えて興行していることもある。

そんな時は子役の役者が小学校に通ってきていた。数人だが、山村の生徒たちにとっては新鮮な刺激である。

ある年の暮れ、かなり大きな劇団一行がやって来た。関東では知られた役者の劇団だと大人たちの評判になっており、犬居の尋常小学校にも三人の子供たちが入学してきた。

虎太郎の教室にも一人の男の子が先生に連れられて入ってきた。教室は一瞬、空気の流れが止まり、全員の目が色白でほっそりした男の子に注がれる。

男の子の名は「松井亀次郎」。舞台に立つこともあるのだろう張りのある声で自己紹介した。

誰が一番に声を掛けて親しくなるか、教室内ではお互いに様子を見合う。亀次郎は転校しながら勉強することに慣れていて、恥ずかしがるふうでもない。虎太郎も亀次郎と仲良くなりたかったが、自分から声を掛けることは到底できない。教室や廊下で彼の方をチラリと見ては、気づかれないように目をそらす。何度もそんなことを繰り返すうちに亀次郎も彼の視線に興味を持ち始めたようだ。

ある時、学校帰りに亀次郎が坂道の途中で虎太郎を待ち伏せしていた。

小学校は若身平では小高い丘にあり、五十メートルほどの細い坂道で通行路に出る。そこで犬居の子らは右手に、若身平の子らは左手にわかれる。

芝居小屋は若身平の商店や料理屋、旅館、船宿などが並ぶ人の多い場所にあるため、犬居の虎太郎が亀次郎と一緒に通学する機会はない。

坂道の途中の茶畑の茂みから亀次郎が突然、ひょいと顔を出した。

「白井虎太郎だろ。おまえ、芝居に興味あるようだな」

虎太郎が蓋《ふた》をしていた密かな憧れを言い放つ。

「わかるよ。おまえは役者向きだぜ」

「いや、俺は芝居なんてやったことないし、見たこともない。講談本を読んでいるだけだ」

学芸会で桃太郎や牛若丸を演じたことがあるなんて、さすがに言えない。

「じゃ、今から見に来いよ。友だちで勉強教えてもらっているって座長に話すよ。座長たって父親だけど。人気の女形さ」

虎太郎にとって頬をつねりたくなるような話だ。

小学生が一人で芝居を見に行くなど学校で禁止されている。それでも小屋の裏側や舞台下に潜り込んでこっそり見てくる悪餓鬼どもがいるらしい。

虎太郎の場合はタダで堂々と招かれたのだ。

若身座と呼ぶ芝居小屋は杉皮葺きの木造二階建て。中に入ると虎太郎の想像よりも立派だった。木戸口は商店街の通り沿いで、二階席もあり、四、五百人は入れそうである。小学校の講堂や瑞雲院の本堂より広い。客席は升になっている。

「真ん中の橋みたいのが花道、舞台の下から役者が登場するセリもあるぜ」

亀次郎が説明するが、亀次郎が口にする舞台装置の言葉自体初めて聞いた。

「じゃ、俺は準備があるからここでさいなら。木戸番の佐吉さんに頼んでおいたから、佐吉さんの隣に座っていればいいいよ。今日の出し物は二つだけど、最後までだと遅くなるし、適当に帰ればいいさ」

その日の最初の演目は「伽羅先代萩」だと佐吉さんが教えてくれた。

お家騒動の物語でわかりやすい。亀次郎は、幼い主君の乳母正岡の子供千松で登場。乳母は亀次郎の父親だ。

母子で幼君を守るため、幼君に代わり千松が毒の入った茶を飲み死んでいくという物語で、演じている母子が本当の父と子であるため、虎太郎は芝居だということを忘れ、亀次郎が気の毒で哀れで、大声で泣き出したかった。それほど二人の演技は素晴らしかった。

幕間があり、最後は「宇都宮釣天井」という怪談話である。男に恨みを持つ女が妖怪となって現れるという話であるが、妖怪の女が真に迫っていて虎太郎は恐ろしくなり、途中で小屋を出た。

辺りはすっかり夜の闇が降りている。若身座の周辺は明かりがあるが、小学校の坂道を通り過ぎ、瑞雲院から先、気田川に架かる橋を渡り犬居に入るまで人家は途切れる。真っ暗闇である。

先ほどの女の妖怪の首が伸びて追っかけてきそうで、振り向くこともできず、前に進もうにも足がすくんでしまった。

家ではヒデが虎太郎の帰りを玄関先に佇んで待っている。

典子が「虎兄ちゃんは芝居小屋の友だちと若身へ行った」と言う。

典子と一緒に学校から帰ってきた大沢医院の武に聞いてみると、さすが典子より二つ年上でもう少し事情がわかる。虎太郎が芝居に興味があると言うと、座長の子供で子役の亀次郎がただで見せてやるからと誘ったのだという。

心配して本家の嘉助爺さま、お菊婆さま、鍛冶屋の徳さや茶店の夫婦も集まってきた。

「こんな暗くなってしまって川にでも落ちたらどうする」

「いや、いや、芝居小屋じゃ子役が足らんという話だ。もしかしたら虎太郎を子役にしようと誘ったじゃないか」

徳さがとんでもないことを口にする。しかしありえないことでもないと誰もが思う。

「とにかく若身座に行ってみなきゃ」

本家の爺さまが言うと「よし、俺が見てこよう」

徳さは行燈に火を灯し、夜道を走り出した。そして、犬居橋の袂に蹲《うずくま》っている虎太郎を発見した。その晩遅く、虎太郎は酒を飲んで帰って来た父親の松作にひどく怒鳴られた。

それからは虎太郎の芝居小屋への熱が冷めたようだった。

父に怒鳴られたからでも、母を心配させ、近所にも迷惑をかけたからではない。虎太郎の頭に一つの疑問が生まれていた。

若身座での芝居は自分が憧れるようなものだったのだろうか。お家騒動で殺しあったり、親子が離散したり、妖怪物で子供を恐怖に陥れる。それが芝居という見世物なのだろうか。

もっと楽しく明るく、見終わった客の心に元気が湧く見世物があってもいいはずだが……。

虎太郎は、そう思うようになっていた。

「芸者屋」の子

虎太郎は十二歳になった。犬居尋常高等小学校で過ごす最後の歳である。成績が良いので担任の片山先生からは進学を勧められたが、「職人の家の子には必要ない」の父の一言で終わった。来年の春には集落を出てどこかで働くことになるだろう。

母のためにもいつかは偉い人になりたいと思うが、偉い人とはどんな人だろうか。彼が思う偉い人とは学校の先生か村長さんである。地主や商いで儲け、大きな家を構えている金持ちはいるが、はたして彼らが偉い人かはわからない。

校庭の桜の花が散り、新学期が始まってまもなく、「栗田輝永さまが小学校の視察に見えるから、全校生徒は校庭で出迎えするように」と、朝礼で先生から伝えられた。

虎太郎も領家村の輝永さまの名は大人たちの話から聞いていた。

栗田輝永は嘉永三年、領家村の生まれ。父親が掛川藩と関係があり、輝永も掛川藩の学者に学問を、道場の師範から剣術を学び、さらに江戸や京都でも学んでいた。

江戸から明治に変わる時代に壮年期を送ることとなった輝永は、領家村の小学校の建設や、秋葉街道を経て東海道へ通じる三倉の道路整備、気田川の犬居橋や秋葉橋の建設など公共工事に私財を投じ、村に初めて銀行を設立。サケやマスの養殖のための養魚場、洋式の木挽き設備を導入した製材工場、天然氷の製造所などの事業を起こして地域産業の活動を促進した。同時に、屋敷の敷地内に英語研究所を設け高等教育の人材育成にも努めたかと思えば、独立系の静岡大務新聞の経営にも当たっていた。

山村地域の人材を育て、生活を豊かにしたいという気概に溢れた人物だった。

当日、洋装のその人は馬に乗って、居並ぶ生徒の前をゆっくりと校庭に入ってきた。法被姿の若者が馬を曳いているが、馬上の老人の背筋はピンと伸びており、帽子の下から生徒たちに向けられた穏やかな眼差しの下で、口髭が頑固な威厳を放っている。

虎太郎には細面で中肉中背の老人の背中から後光が射しているように見えた。

校長先生、教頭先生、担任の先生たちが出迎える正面玄関まで近づくと身軽に馬から降り、挨拶を交わし始める。何度も深く頭を下げる先生や役場の人を見て、虎太郎は偉い人とは輝永さまのような人だということがわかった。

そして偉い人になる、などと思ったことは、とんでもないことだと恥ずかしくなる。偉い人とは、学校の成績が良いとか、金持ちとかではなく、人に尊敬され、人に感動や希望、勇気を与え、郷土のために役に立つことをする人だ。

虎太郎は生涯、自分がそのような人物になれるとは到底思わない。所詮、偉い人などは縁の遠い存在だと納得した。とはいえ栗田輝永という老紳士は小学生の虎太郎の脳裏に特別な印象を持って焼き付いた。

最後の学年になっても、虎太郎の付き合いは相変わらず、大沢医院の年下の武や、妹の典子、典子の同年の英恵や彼女らの下級生の女の子らが遊び仲間だった。

その中に、ある時から二俣から転入してきた虎太郎と同年の男子が加わった。

津山義男は、皆から「芸者屋」の子と呼ばれていた。成績も運動も中ぐらいで目立たないというより、目立つことを避けている風である。

小学校の通学路の坂道から大人たちが「芸者屋」と呼ぶ平屋の屋根と裏庭が見えた。義男が「芸者屋」に住んでいることはすぐに知れ渡った。

村内のお大尽の旦那衆が宴会や船宿の客を目当てに二俣から芸者衆何人か呼んで一軒の家に住まわせていた。年増の芸者さんから比較的若い子まで入れ替わりながらいつも三人から六人ぐらいで暮らしていた。

お座敷がかかると、髪を結い、着物姿で三味線など抱えながら出かけていく。歩いて呼ばれたお座敷に行くこともあれば、迎えの人力車で平尾や領家の方まで出かけることもある。芸者さんの姿を頻繁に見られたのは当時、それだけ若身平辺りの景気は良かったということだ。船で運ぶ物資の卸問屋が並ぶ若身平は、商店の旦那衆、船頭や筏師、秋葉山への参詣人らが草鞋を脱ぐ休息場でもあり、芝居小屋もあれば銭湯もあった。

義男は芸者さんの子供だが、どの芸者さんが彼の母親か、虎太郎は別れる時まで分からなかったし、尋ねることもなかった。芸者さんの皆が彼の母親か姉のように「義男」とか「義ちゃん」と呼びかけていた。

村のおかみさんたちは口にこそ出さないが、子供らが芸者屋の子と親しくなることを避けていたし、子供らも敏感にそれを察していた。

明日から夏休みという日に、虎太郎はうっかり硯と筆の入った袋を学校の教室に忘れてしまった。津山義男が虎太郎の家まで届けてくれたのだ。

ちょうど虎太郎はいなかったが母のヒデとひと時、たわいない話などして帰ったと聞く。

無口で内気だと思っていた義男が、初対面の母と話をしたと聞いて虎太郎は驚いた。

「あの子は皆が言うように愚図《ぐず》でも、頭が悪い子でもないよ。友だちがいないのが寂しいのね。良い子だと思うよ。今度、誘ってあげなよ」

「芸者屋の子と遊んでもいいのか」

母は笑った。

「当たり前じゃないか。子供は子供さ」

母の言葉がきっかけで虎太郎は義男を見かけると声をかけるようになった。

義男が遊び仲間に加わってから、遊び方が工夫されるようになった。

例えば、年上の虎太郎が先生役になってする学校ごっこは定番の遊びだが、書き取りや算術の授業だけでなく、川原や山に移動して写生や工作の授業も加えた。そのうち虎太郎と義男と筋立てを考えて学芸会の真似事までやるようになる。

筋立てといっても、でたらめで人に見せられるものではないが、それぞれが狸やキツネ、爺さん、婆さん役をやったり、盗人や巡査役にもなったりした。女の子がお姫さま役をやりたいといえば無理にでも筋の中に入れたりする。

義男がいつも冗舌に新しい工夫を出して来ることは、虎太郎には意外だった。「芸者屋」

の子だから、彼女らの会話や芸事の稽古を幼いころから見聞きして、客を楽しませる工夫が身に付いているのかと感心した。

ガキ大将

ある時、義男が家から菓子折りを下げてきた。

義男に遊び仲間ができたことを聞いた母親が、お客からのもらい物を「皆で分けなさい」と持たせたそうだ。

不動川沿いにある和菓子屋「秀花園」の砂糖菓子が白い箱の中に光っている。

「虎ちゃん、今日は宿題したら、秋葉橋の方へ遠足に行こう。途中の田んぼの畔で、この菓子を食べよう」

「遠足!」

「遠足!」

周りの子らもはしゃぎ出す。

人家が並んでいる若身や犬居は赤石山脈に連なる山々の谷間にあたり、日当たりはすこぶる悪い。冬など空っ風の吹き溜まりである。にもかかわらず開けたのは、川輸送の拠点に好都合だったからだろう。

義男が提案した秋葉橋辺りは、唯一の平地で田んぼや畑に水路が走っている。川辺に低い灌木が生え、土手の畔道は子供らの遊び場としては十分だ。

しかし、そこは正確には犬居村の土地ではなく、領家村の領地である。そのため、しばしば子供らの小競り合いのもとにもなる。

虎太郎、義男、武の男の子らが畦道の四辻に筵《むしろ》を敷き、風に飛ばされないように重しの石を置いていく。女の子らは持ち寄った食べ物を並べ始める。アルミの弁当箱に干し芋を入れてくる子もあれば、きび餅や沢庵などもある。典子はお盆や皿代わりにフキの葉や柿の葉っぱを洗って用意してきていた。典子と武の妹の英恵が家から人数分の湯飲み茶わんと水筒を下げてきた。

筵の上に食べ物を並べた時、喚声が上がった。

竹の棒を持って橋の下手から領家村の悪戯小僧が三人こちらに向かって走ってくる。

「おまえら、ここは領家だぞ！」

「帰れ、帰れ！」

手にした棒で畔の草や石ころを叩きまくり、筵の周りを取り囲む。

「なんだ、うまそうだな」

権太とかいう一番体の大きな小僧が白い菓子箱に手を突っ込み、いくつかの砂糖菓子をつかみ取った。それを皮切りに他の二人も次々と手を出し、あっという間に義男の持ってきた白い菓子箱は空になり、筵の外に放り出された。

今年尋常小学校に入学したばかりで初めて学校ごっこに参加した畳屋の末子が大声で泣き出した。

さすがに三人もまずいと思ったのか、畑を飛び越え、灌木の原っぱに退散しだした。

ガキ大将の権太が、逃げるすきに典子が脇に寝かせていた人形をつかんでいく。

典子の悲鳴を聞くと、虎太郎は彼らを追って走り出した。

「虎ちゃん、やめとけ!」

義男の声が聞こえた。

虎太郎は、母が典子のために布に綿を詰め、端切れの着物地をつぎはぎして拵《こしら》えた人形を悪餓鬼どもが持ち去ったことが許せない。

「こっちだ。そらそら」

ガキ大将と子分は時々後ろを振り返り、虎太郎の姿を確認し人形を振り回しながら右に左に走る。

虎太郎の足が突然宙に浮き、そのまま体が草の上に倒れた。泥より柔らかい粘り気のあるものが片足にまとわり、猛烈な悪臭が鼻をつく。どうやら肥溜めに足を突っ込んだようだ。

悪餓鬼どもは草に隠れているが肥溜めの場所があることを知っていて虎太郎を誘導したのだ。策略が成功したため彼らは笑い転げている。

虎太郎は九の字に曲がった固い流木をつかんで権太めがけて思い切り投げた。同時に権太が人形を投げ返した。人形は空を舞い、水路脇の泥の中に投げ出された。

権太が蛙を踏みつぶしたような悲鳴を上げて蹲る。どうやら虎太郎が投げた流木が命中したようだ。

虎太郎は糞尿で汚れた片足を川原で洗い流し、典子は人形の顔を何度も拭いた。義男や武、英恵や末子らも散らかった食べ物を片付けて家に戻った。

今日の出来事を誰にも話さないように虎太郎は口止めし、皆がうなずいたが、幼い末子などが黙っているか心もとなかった。

夕ご飯を食べ終わったころ、武が裏口から顔を出した。

「昼間、虎ちゃんが投げた棒でけがした権太が、うちの診療所にいる」

母のヒデにも武の報告が聞こえた。

「典子の人形が水路に落ちたのを拾うためにズボンを濡らしたっての、嘘だったのかい」

母はいつになく厳しい声で虎太郎を問い詰める。

虎太郎も観念して昼間の出来事を母に話した。

「虎ちゃんは悪くない。悪いのは領家の権太らだ」

武も典子も弁解する。

母にとって虎太郎の嘘も情けなかったが、相手の子がけがをしたことにうろたえ、虎太郎の手を取って大沢医院に駆けつけた。

ちょうど診察を終え、頭に包帯を巻いた権太と権太の父親が大沢院長に挨拶して帰りかけるところだ。

ヒデは土下座せんばかりで「申し訳ございません」と何度も頭を下げる。

院長の説明では「左目の上の額に虎太郎の投げた流木の角が当たって内出血しとる。紫色に腫れているが、十日もすれば元に戻るよ。幸い血管は切れてない」

ヒデは権太の父親から浴びせかけられる罵声を覚悟していた。

「松作さんの奥さんと息子さんだね。そんな、あやまらんで。子供同士の喧嘩じゃ。それに悪いのは権太だ」

学校の先生も手を焼く権太の悪餓鬼ぶりは領家村では有名だ。

父親は後始末になれっこになっていた。

「権太、あやまれ」

一喝すると、「ごめん」

ふてくされ気味に権太も頭を下げる。

権太はどうやら一部始終を正直に父親に話したようだ。

虎太郎は母親に心配かけないようにという大人びた気遣いをしてしまう自分の性格に比べ、悪さをしても正直に白状してしまえる権太が恨めしかった。

虎太郎は父親からは別として、人から非難されたり嫌われたりする言動をしたことはない。本家にも近所にも勉強のできる、幼い子らの世話をする〝いい子〟として褒められてきた。いい子でいることは虎太郎の身に付いた処世術ともいえる。

権太と父親が帰った後、ヒデが治療代を払いたいと大沢院長に言うと、「いや、たいしたことない。治療代の申し出は伝えておくけどね。あそこも気の毒だよ。母親は坂下の旅館で働いていたけど、秋葉山の参詣客と懇ろになり家を出てしまったということだ。権太の弟がまだ学校に上がる前のことだと聞いている。父親が炭焼きで生活しているけど、子供らまで面倒みきれんだろうな」

「権太って子も可哀そうですね」

ヒデがしんみりと言う。

遠足事件があってから、虎太郎の日常は少し変わった。

典子や英恵など年下の女の子らと一緒に遊ぶことはなくなり、代わりに同年の義男と村の若い衆の集まりに加わったりするようになる。

権太の乱暴の原因を知ってしまったこともあるが、義男からの相談も虎太郎を変えるきっかけになった。

綱ん曳き

「虎ちゃん、来年の春には俺はもう、若身にはいないで」

「どこに行くじゃ」

「母ちゃんの実家、諏訪湖の方だ。小学校を卒業したら、実家の伯父さんのところへ養子にいく。もう前から決まっていたことだ」

春休み、二人で鐘打山の犬居城址まで登った時、義男が珍しく将来のことを口にした。

「母ちゃんも歳だ、芸者やめて母ちゃんの実家に一緒に帰る。二人で伯父さんの養蚕を手伝う。俺は父ちゃんのことは聞いたことない。母ちゃんは一生、俺が見ていくつもりだ」

芸者屋に入ったことはないが、義男を尋ねて裏庭に入ったことは何回かある。女物の腰巻や半襟が干してあり、虎太郎はうつむいて通り過ぎていたが、何人かの芸者衆と顔を合わせて挨拶することはある。

化粧をしていない芸者衆は普通のおかみさんに見えた。中に亡くなったお菊婆さまぐらいの芸者さんもいた。

「虎ちゃんは、卒業したらどうする」

「決まってない。犬居を出る。町に出て仕事する」

「勉強できるから、学校の先生になるかと思った」

「師範学校は相当金がかかるし無理だ」

犬居の尋常高等小学校から上の学校に行く子は四、五人いる。

村長と郵便局長、教頭先生の息子、女子では秋葉神社の神主の娘は進学するそうだ。

「諏訪に行ったら、もう犬居に戻ることはないし、虎ちゃんとも会えんな」

「うん……」

虎太郎は返事につまる。

来年は卒業だ。

しかし一生会えなくなるかもしれないなどと真剣に考えたことはない虎太郎は、あらためて色白で端正な顔立ちの義男を見やった。

女所帯の中で暮らしている義男は近所の洟垂れ連中と違い、いつも身ぎれいだ。虎太郎が義男を気に入っている理由の一つでもある。

二人はしばらく黙って眼下の風景を眺めていた。

標高二百五十メートルほどの鐘打山の頂上から眺める気田川は、大蛇が暴れるごとく明野から若身平を回り込むように犬居城址の真下の断崖にぶつかり、北側から南側に蛇行して、そのまま犬居島を回り込み再び北側に曲がり秋葉山麓に消える。

城跡から二人が馴染んだ山河や人家、街道が一望でき、彼方にひときわ高い春埜《はるの》山、大《だい》日《にち》山の霊峰を見渡す。

犬居城の歴史は鎌倉時代に遡る。

源頼朝の側近の武将の一人だった天野遠景は伊豆田方郡天野郷（伊豆長岡）を本拠としていた。承久の乱後、子孫が北遠地方に移り犬居城を築城。やがて今川、武田、徳川の戦いの時代になると犬居城は戦略的に重要な要塞の位置を占めるようになる。

背後に秋葉山をひかえた要塞は、四方の山城から上がる戦いの狼煙《のろし》を見張っていたことだろう。天野氏は武田側につき、たびたび徳川に反旗を翻していたが、ついには家康に攻略され、一族は甲斐（山梨県）に逃げ延びていった。

北遠の要塞として天野一族が治めていた城は廃城となり朽ちた。

「義男は諏訪でずっと養蚕していくのか」

「うーん……」

「いつかわからんけど、二人でまたこの景色を見ようじゃないか」

「そうだな……」

義男は遠くを見やって応える。

二人とも将来はまだ、何も見えていなかった。

杉や松の針葉樹を押しのけるようにやがて新緑が芽吹きはじめる山々。春霞の青い空の下、白帆をはためかせ、王子製紙のサッパ船が気田川を上っていく。

茶摘みの繁忙期が過ぎ、田植え前の六月十五日。

「綱ん曳き」と呼ばれる犬居部落だけの祭りが行われる。祭事は江戸時代から続いている。犬居城址の鐘打山の途中にある熱田神社の祭りである。

気田川沿いの平地にあった諏訪明神のお社が大水で流されたため、ご神体だけ熱田神社に合祀されたものらしい。

「今じゃ、誰もが熱田さまの祭りと思っているが、もとは諏訪のお社の祭りだ」

本家の爺さまが生きているころ、虎太郎に話してくれたことを思い出した。

諏訪明神といえば本宮は信州の諏訪大社。義男が行く地である。遠い地であると思っていた諏訪が、急に近づいてきたような気がした。

早速、義男に話した。

「諏訪と繋がりがあるってことだ。今年は一緒に綱ん曳きをしようや」

「おいらは若身だけど大丈夫か」

「岩吉兄さんが世話人だから、義男のこと話しとく」

「綱ん曳き」は若い衆が竹で作った蛇体の「竜」を曳き回し、最後に気田川に流す。水難と悪疫除け、家内安全を願う祭事である。

犬居村の若い衆全員が前日から竜を作る段取りで仲田屋旅館に集まっていた。虎太郎の兄岩吉も若い衆の中心となって役割の分担をしていた。

作り物といっても、頭から首、胴体を入れると長さ四、五十メートルにもなる。頭部は大人が両手を広げたほどの大きさだ。

当日の早朝、材料集めから作業が始まる。

竹で蛇体の骨組を作り、気田川の流水につけて湿ったわら縄を片端から巻いていく。頭部には竹ヒゴ二メートルの剣先を天に伸ばした髭をつけ、蓮華の赤い目を入れる。最後に大量の柳葉と葦全体で竜を装って完成させる。

作り方の書き物があるわけでなく、見様見真似で代々伝えられてきた。

午後の早い時間に竜神ができ上がると皆いったん、家に帰る。

夕方、明るいうちに作業着から祭りの法被に着替えた男衆は再び集まり、熱田神社へ参拝する。神社に供えた御神酒が竜に捧げられる。

竜を囲んで関係者が車座になり料理も出るが、通常の祭りと違い、笛、太鼓もなく竜を眺めて静かに一時間ほど世間話をしながら酒を酌み交わす。

やがて、太陽が山の端に沈み、河原に残照が落ちる頃、竜は頭を上げ、首をもたげると、若い衆の「よいしょ、よいしょ」の掛け声で綱に曳かれて動き出す。

去年までは家の戸口でうねりながら進んでいく竜を見物していたが、今年は虎太郎にとっても義男にとっても郷里で過ごす最後の年だ。

「義男、行くぜ」

二人は若い衆の間に飛び込み、蛇体から垂らされている縄をつかみ、曳き回しの列に加わった。四、五十人の男たちが曳いているが、湿った縄を巻いた蛇体は思ったより重い。

砂利や石ころの道を這わせながらずりずりと曳き、音を立て初節句の家を回りながら気田川の上流に向かっていく。

先導する若者たちが手にした提灯に火をともし始めた。

闇が濃くなるにつれ、提灯の明かりは鮮やかに舞い、蛇体をつなぐ藤蔓や土埃も見えなくなり、酒の回った若者たちに曳かれた竜は生きているように胴体を波打たせながら川沿いを上がっていく。

犬居橋の袂まで来た。

掛け声とともに持ち上げられ、橋の欄干から川に向けて降ろされた竜は水流に乗って暗い川に消えていった。

出立から三時間だ。

「今年も無事に天に送ることができたぞ。めでたし、めでたしじゃあ」

誰かの声に皆が頷き、「めでたし、めでたし」と言いながら、ぞろぞろと帰路につく。

振る舞い酒を飲み過ぎて千鳥足の者もいる。

虎太郎も義男も初めて経験した綱ん曳きに興奮していた。

「天に昇る前に、天竜川から諏訪湖まで泳いでいく。きっと諏訪湖で待っている竜と一緒に天に昇っていくのだ」

意外なことをいう義男の顔を虎太郎は見返した。

「じゃ、犬居の竜と諏訪湖の竜は親子という訳か」

「諏訪の竜神が熱田神社に祀《まつ》られているということはそういう事じゃないか」

珍しくはっきりと口にする。

虎太郎も義男の話は本当のような気がしてきた。

「この話は俺らの秘密だな。綱ん曳きに呼んでくれてありがとう。面白かった」

義男は楽しんでいた。

綱ん曳きは水害に悩む犬居部落の祭事であり、集落の違う若者は綱ん曳きを見聞きしているが曳き回しに参加することはない。他所の部落の人間を拒んでいるわけではないが昔からの慣習だ。

今夜の義男の経験は特別なものだった。

駆け足で若身に帰っていく義男の姿を見送り、虎太郎も先を行く人影を追って家路を急ぐ。竜神さまも義男も夜の闇に溶け込んでしまい、祭りの興奮が覚めていく静寂の中で虎太郎は何故か無性に物寂しかった。

小学校を卒業してから、諏訪に引っ越すと言っていた義男が、卒業式を待たず実家の都合で九月の新学期前、犬居を去ることになった。

義男の伯父に当たる人が、諏訪から迎えに来た。伯父さんは若身の宿屋に一日泊まったきりで義男と義男の母親を連れて行くこととなった。

虎太郎が義男から聞いたのは前日だ。夏休み中だったため見送る同級生もいない。

独身で担任の片山先生と虎太郎、武の三人が三倉の峠まで義男一行を見送った。

「虎ちゃん、義男の友達になってくれてありがとね」

化粧もしてない、モンペ姿の義男の母親を初めて見た。虎太郎の母親ヒデよりだいぶ歳をとっているようにみえる。

「義男、元気でがんばれよ」

片山先生が義男の肩を軽く叩く。

義男の席が空いたまま、九月は過ぎ、稲刈りも終え、秋が深まり始めた十月に、小坂井神楽の一行が笛、太鼓を鳴らしにぎやかにやってきた。

近辺の村々を廻った小坂井神楽の一行が去ると、どの家も冬支度だ。

十二月十五日の秋葉の火祭りで北遠は一気に冬の到来となる。

正月三が日が過ぎた頃、烏帽子《えぼし》をかぶった太夫と鼓を打つ才蔵の三河万歳の二人組がやってきて、めでたい歌や口上を囃し、家々を回って去っていく。

いつの間にか梅の季節も桃の季節も終わり、山桜の芽が膨らみ始めている。

虎太郎の働き口は決まっていなかった。

浜松

義男から年賀状が届いたが、新年の挨拶と新しい住所のほかは、母親ともども元気に暮らしている、諏訪の生活にも慣れてきた、というようなありきたりのことしか書いてなかった。そのことから義男の環境が思い描いていたよりは厳しいものであることが察せられた。

兄の岩吉が「二俣の旅館で奉公人を探している」という話を持ってきたが、生返事をしたまま他人事のようにしか聞かなかった。

近所の親父さんが「親戚が王子製紙の課長で、事務所の給仕を探しているようだ。虎ちゃなら合格だ」とヒデに伝えたが、ヒデはお礼を言っただけで虎太郎に伝えなかった。

上の学校に入学させてやれないことを悔やんでいるヒデはせめて浜松に出してやりたい、それから先は本人の努力と運で人生を切り拓いてほしいと願っていた。

結局、王子製紙の話も断ってしまう。

「松作さんとこの虎ちゃはどうするのじゃ」

ヒデの耳にはそんな声も聞こえていた。

年が明けた頃には同級生の進路はほぼ全員決まっていた。

その中で虎太郎は落ち着かない日々を過ごしていたが、一方、――秋葉山の天狗さまがきっと何とかしてくれる――と、信じていた。

卒業式を終えて数日後、片山先生が虎太郎の家を訪ねてきた。

「白井、教頭先生から話があるそうだ。教頭先生の家へ一緒に行こう」

教頭の安達先生の家は若身橋を渡って気田川の支流不動川沿いを遡り、川の片側にぽつぽつと人家が点在する平尾《ひらお》という集落である。

川の反対側は絶壁に近い山が迫っているため若身と同じように日当たりは悪く、水害も度々起こる集落であるが、この谷底のような集落に小高い開墾地があった。

そこは唯一、明け方から日没まで陽が当たり、水害もなく豊かな作物が収穫できる平地である。平尾でもその地は特に「平尾の上《うえ》」と呼ばれている。

平尾から「平尾の上」に上り下りする道は何本かあるが、いずれも歩くしかない狭い急坂の山道である。虎太郎も片山先生も「平尾の上」を訪れるのは初めてだ。部落の中ほどにある道が歩きやすいということを、片山先生は教頭先生から聞いていた。

人家が途切れたところの山道を見つけ、「ここが上り口だ」と言って一間ほどの幅の杉木立の坂を上がり始めた。

「若身橋の脇にも道はあるが、もっと狭くて岩が多く最初は無理ということだ。でも教頭先生も平尾の上の生徒も皆その道を通学に使っている」

虎太郎は片山先生の背中を追って、遅れないように歩いた。道は数メートル上がるたびに大きく曲がる。曲がっても、その先がまた曲がっている。そんな急坂の上りを何度か繰り返した。

夏も冬も雨風の日もこの道を通う教頭先生や何人かの同級生の顔が浮かぶ。かけっこで平尾の上の子らに負けてしまうのは道理だ。

途中で振り向くと登り口で見上げた火の見櫓《やぐら》が足下に見える。

「着いたぞ」

片山先生の声に息を弾ませ最後の辻を曲がりきった。

今までの陽の当たらない湿った道がウソのように広い平地が広がっていた。

野菜畑や茶畑の間から人家の屋根がのぞき、遥か正面に神社の鳥居が見える。畑は遠くの山裾まで続く。

春の日差しを浴びた暖かな風が吹き渡っている。

——教頭先生の話は良い話に違いない——

虎太郎はのどかな風景を眺めながら、メモの地図を見て先を歩く片山先生の後を追った。

「おおい、こっちだ！　こっちだ」

家の前で鍬を片手に、頭に手ぬぐいを巻いた細身の男が手を上げている。

一瞬目を疑う。

虎太郎の知る教頭先生は白いシャツに濃紺の背広を着てネクタイを長めに揺らし、教科書を抱えて廊下を大股で歩きながらも生徒や先生、学校全体の様子を見逃さないように目だけは鋭く光らせている。学校の威厳が服を着て歩いている風だった。

目の前の教頭先生は何年も着古した薄茶のシャツに布を当て継いだ作業ズボン、地下足袋を履き、両手は土で汚れている。

「縁側から入って奥の間に座っていてくれ。手足を洗ってすぐ行くから」

明るい外と比べて家の中は薄暗かったが、目が慣れると土間の壁には鍬や鋤、鉈《なた》や竹籠、縄梯子などの農具がびっしりと掛けられている。

開け放された奥の部屋には立派な仏壇があった。

「何もありませんが」と言って、教頭先生の奥さんが湯飲み茶わんと茹でたサツマイモの皿を囲炉裏端に置いた。母のヒデよりだいぶ若い。

教頭先生は四、五年前に奥さんを病気で亡くし、川根の方から嫁さんを迎えたと聞いたが、この女性がそうだろう。虎太郎は目を逸《そ》らせた。

教頭先生は囲炉裏の傍らに腰を据えると、「今日、来てもらったのは虎太郎の将来のことだ。母親からも相談されていたし、片山先生も心配している」

畑仕事の姿のまま、学校の先生の口調に変わった。

三年間受け持ちだった片山先生は今春、磐田の学校に転勤になる。

虎太郎にとって心細いし寂しいことだが、転勤前の片山先生が虎太郎の就職口をそこまで心配してくれていると考えもしていなかった。それに母のヒデも教頭先生に相談していたとは。一番のんきにしていたのは本人であった。

焦りながらも「どうにかなるわい」と成り行きに任せていたが、実際はどうにもならないまま卒業してしまった。

「六年前に卒業した遠縁の子が浜松の染物会社に就職したことがあった。その会社は寄宿舎があって、舎監が夕方から高等科の科目を教えている。四年間、勉強して終了すれば正社員になるし、検定試験を受ければ学校の先生の資格も取れる。もちろん、四年間は給料ではなく小遣い程度だが」

片山先生も言い添える。

「どうかな。虎太郎、お前の目指す教師になることもできるのだ」

浜松――、寄宿舎での勉強――、教師――。

虎太郎の頭でいくつかの言葉がぐるぐると回りはじめた。

「ただ、一つ問題がある」

片山先生が続けた。

「日本形染といって、日本楽器と同じぐらい浜松では立派な会社だが、今年の募集は閉め切っている。つまり今、寄宿舎は空きがない。秋に一人退職者が出るとのことだ。中途だが、優秀な子なら寮が空いたら九月から入寮しても良いという返事をもらっている」

半年先か――。

虎太郎の戸惑いを察した教頭先生が「そこでだ」と一呼吸おく。

「それまでの間、ぶらぶら過ごすのも近所の手前もあり、居心地悪かろう」

その通りだ。

半年後、家を出るとしてもその間、なるべく父と顔を合わせたくない。近所の手前、体裁も悪い。

「どうだ、浜松に出るまで、我が家で手伝いをしてみないかね。ここは爺さも婆さもまだ元気で毎日、畑や山で働いているが、畑も山も広い。時々は近所の衆に手伝ってもらっている。これから春の種まき、雑草刈りなど人手はいる。農作業を覚えるのもいいものだ。半日でも手伝って、後は納屋で勉強していたらどうだね。中途入社だから大変だ。教科書は手に入れておくから」

「心配ない。虎太郎だったら十分、皆についていける」

片山先生が肩を叩いた。

こうして虎太郎の就職口が決まった。

教頭先生の家を出ると、太陽は西の空に傾き、秋葉山の山頂が赤く輝き、平尾の上の人家や田畑も赤く染まっている。

三月の末、片山先生は知り合いの馬車に荷物を積んで、転勤していった。

虎太郎と数人の生徒が秋葉街道を三倉の峠まで見送った。

茶摘みが過ぎ、夏野菜の収穫が終わると長いと思っていた半年は瞬く間に過ぎ、秋の気配が漂い始めた。

浜松に出立する日がきた。

八時過ぎに浜松に出る近所のおじさんが迎えに来てくれた。あいにくと夜明けから細い雨が降っている。生まれた日も雨が降っていた。そして格子戸の隙間から白い羽も見たのだ。

——あれはやっぱり秋葉の天狗さんだ——

虎太郎は母の用意してくれた草履をはき、着替えと本などを入れた行李を背負った。

「虎ちゃん、お腹すいたらこれをかじったらいいだら。歩きながら食べられるし」

向かいの豆腐屋のおばさんが、裏庭に実った柿を虎太郎の懐に入れて「少ないけどな」と五銭玉を握らせてくれた。

母は無言で行李の上から雨粒をはじく油紙の合羽をかぶせてくれ、新しい脚絆とわら草履も油紙で巻いてくれた。菅笠をかぶると、まるで股旅物の芝居の子役である。

おじさんに遅れまいと後ろも振り向かず、必死に歩く。

秋葉橋を渡った袂の土手から突然、権太が現れた。

権太は卒業すると、父親の炭焼きを手伝いながら、秋葉山の山頂より二百メートルほど下った秋葉寺《しゅうようじ》の歩荷《ぼっか》をしていた。住職やお坊さん、寺に泊まる参詣人や修験者たちの食べ物や日用品などを背負って一日に三、四回往復している。数十キロの荷物を背負っての山道の往復は権太の体を一層たくましくしていた。

かつて権太の悪ふざけで虎太郎が権太の額にけがをさせてから、お互い顔を合わせても知らんふりをしていた。

その権太が虎太郎の前にぬっくりと立つ。

「今日、行くんか。これ持っていけ」

二つ折りにした紙切れをぞんざいに差し出した。

開けると墨で文様が描いてある。

「知らんか。三尺坊の天狗さまだ。俺が本堂にある絵を写して描いたさ。お守りにくれてやる」

宙を駈ける白狐の背に立った天狗が正面をにらんでいる。天狗は両肩から翼が生え、鳥のような鋭い嘴。髪は山伏髷で、手には羂索《けんさく》を持ち、光背に憤怒の焔を背負っている。

一体、人間なのか、鳥なのか。

虎太郎にはそれが秋葉山に住むという烏《からす》天狗だとわかった。権太は秋葉寺に荷物を運んでいるうちに修験者や参詣人から秋葉山の天狗の霊験を聞き、権太なりに信じるようになったのだろう。

「虎、達者でな――」

仁王立ちになった権太は野太い声を掛けると、背負子を揺さぶり秋葉山の上り口に急ぎ足で去っていった。

権太ともっと前に仲直りしておけばよかった。虎太郎は権太のくれた守り紙を腹巻きに突っ込みながら後悔した。

領家村を過ぎると、道は徐々に上り坂になってくる。真下に故郷の最後の集落、長沢村の人家が見えてきた。そこを通りすぎると犬居村は見えなくなってしまう。一度も振り向かずに歩いたが、虎太郎は最後の曲がり角でそっと振り返った。

木立の間に家の屋根と庭が見える。病身の母が縁側に腰を下ろしたまま、虎太郎が越える光明山に顔を向けていた。

妹の典子は学校だろう。父の松作は泊まりの仕事で家にはいない。兄の岩吉も夜明け前に出かけていた。姉のとき子は三年前に旅館に奉公に出て、気田村の山持に見初められ結婚している。妹の典子もいずれ嫁にいくだろう。

それまでには教師になって母を引き取り、楽をしてもらいたい。

父については……想いは薄い。

生家はしぐれるような雨の中で、山間《やまあい》に白く浮いていた。


人家のない九十九折の山道をさくさくと歩き通し、二つの峠を越えると山東という集落に出る。天竜川沿いの二俣という町は近い。虎太郎は生まれて初めて「村」から「町」に出た。徳川家康の息子が自害したという二俣城の話は亡くなった本家のお菊婆さまに聞いたことがある。

二俣は人も商店も多く若身や犬居に比べようもなく活気がある。

雨は上がっていた。

「疲れたか?」

五時間近く山道を歩き、疲れてはいるが虎太郎にとって生まれて初めての町のざわめきである。目にするものは全て新鮮で物珍しい。

「ここから人力車だ。その先は軽便電車で浜松に入る。明るいうちには着くずら」

おじさんは人力馬車の停車場でタバコを吸い始める。

虎太郎も懐中から柿を取り出し齧《かじ》りながら、急ぎ足で通り過ぎる雑多な人の群れを眺めていた。

母や姉や妹と暮らした家。亡くなった本家の嘉助爺さま、お菊婆さま。弟のような武、お守りをくれた権太……今までの世界と切り離されてしまった実感が迫ってくる。

戻ることがない世界を思うと鼻がつまり、柿が喉につっかえた。

中田島

虎太郎が郷里を離れて一年後、母は持病の心臓の発作であっけなく亡くなってしまった。

嫁にいった姉のとき子も嫁ぎ先で亡くなる。子供はいなかった。

妹の典子には許婚《いいなずけ》がいたが、典子は結婚する前に亡くなってしまった。母と同じ心臓の病気だった。

筏師の兄、岩吉は天竜の材木屋の娘と一緒になって家を出た。

父は兄の家族と暮らしているらしいが、相変わらずの職人気質の頑固さで、兄の嫁さんとはうまくいってないと聞いた。

つまり虎太郎が日本形染の寄宿舎で四年間を過ごして給料をもらえる一人前の社員になった時、郷里の白井家に住む人は誰もいなくなっていたのだ。姉も妹も子供を産まずに亡くなったため、虎太郎には甥や姪もいない。

結婚した兄の岩吉のところに子供はいるが、岩吉は父の連れ子だから、虎太郎は兄の子供と血のつながりがなく、会ったこともない。

——学校の先生になって母に楽をさせたい。母の喜ぶ顔が見たい——

それだけを目標にしてきた虎太郎の人生は宙に浮いてしまった。体に空洞ができたような虚しさと同時に経験したことのない解放感が湧いてくる。

このまま真面目に勤め続けるか、あるいは教師の検定を受けてどこかの小学校の先生になるか。

どちらにせよ生活は成り立ったとしても、虚しさは埋まらない。

母も姉も妹も、はかなくも死んでしまった。ひょっとして自分も明日死ぬかも知れない。

どうにでもなれ。捨て鉢な気持ちに落ち込んでいく。

八月の盆休み、家族のいない故郷に帰省する理由もなく、虎太郎は浜松駅から中田島海岸に向かった。遠州灘を望む中田島砂丘は風紋が美しいことでも知られている。最寄りのバス停で降り、幾重にも連なる砂山を越えて歩いた。砂を踏む草履の足裏は焼けるように熱いが、心地よい。砂に足をとられながら十分も歩くと太平洋の波打ち際に出た。砂の上に腰をおろし銀色に輝く海面を見つめていた。

――この波の向こうに日本ではない国がある。外の国に行ってみたい――

足元に打ち寄せる波音に――おまえは好きな道に行くがよい――という声が聞こえた。見回しても砂浜に誰の姿もない。

権太の描いたお守りの天狗か。

――好きな道――

虎太郎は冷静に考えてみた。

――舞台に立ちたい。芝居がしたい――

役者は職業としては真面目な人間が入る世界でないと考えられていた時代。虎太郎が寄宿舎の講堂でオルガンを習ったのも教師になるための条件の一つだからと思っていた。

しかし、責任を負う家族がいなくなり、自由になった今、本格的に歌やダンスを習いたい。芸人として生きたい。

誰にはばかることなく、堂々と自分自身に宣言できる。

思えば幼いころから芸事に惹かれていたのだ。

とはいえ、虎太郎の周りに芸事の世界で生きている人は一人もいない。

ただ一人、身近で芝居の世界で活躍している人がいたとしたら、会ったことはないが大沢医院の武の母親の妹、つまり武の叔母だろう。

ある時、学校の廊下を武と歩いていると教頭先生が新聞を片手に武に近づいてきた。

「大沢君の叔母さんは帝劇の女優、田中勝代だね。新聞に載っている」

「そうです。東京の叔母さんです。まだ、会ったことはありませんが」

武は迷わず応える。

傍らで聞いていた虎太郎の方が、内心驚いた。

そういえば武から近所の子供が持っていない子供用の革靴や漆の飾り物とか、珍しい絵本などを見せてもらうことがあった。

「東京の叔母ちゃんが送ってくれた」と言っていた。

その叔母さんが帝劇の有名な女優さんだった。

ただ、武の両親も武もそのことを近所に話すことはなかった。

「浜松の母ちゃんの実家も大きな病院なんだ。女優になりたかった叔母ちゃんは女学校を卒業すると見合いを断って東京の女子大に入学したけど、仕送りしてもらえなくて帝劇の女優さんの養成学校に入った。うちの母ちゃんとは性格が違うけど、仲良かったみたいだ」

田舎では役者は卑しい職業で、世の中から低く見られているためか、武の家族も周囲に話していなかった。

武の母は「虎ちゃん、浜松で困ったことあったら、犬居の大沢武の友だちだと言って、ここを訪ねたらいいよ」と、実家の住所を書いた紙を渡してくれた。

住所は就職した日本形染とそんな遠くない。浜松の地理に慣れてきたころ、近くまで行ってみた。かなり大きな病院だった。自宅は病院の裏手のようだ。

——こんな大病院のお嬢さんが、家出して帝劇の女優になった——

虎太郎は武の母とその妹が暮らしていた病院と屋敷を外から眺めた。

それ以来、家族や周りの反対を押し切って好きな道に進む武の叔母、田中勝代は虎太郎の憧れの人、いつか会ってみたい人になっていた。

浜松に出てから数年のうちに母と姉妹を失くした虎太郎は郷里へ仕送りをする必要もなくなった。

浜松は山葉寅楠が創立した日本楽器製造株式会社の本拠地であり、音楽の催物《もよおしもの》や演劇活動は盛んな土地柄であった。

虎太郎は公演があるたびに、喜多村緑郎の新派であれ松井須磨子の芸術座であれ、観劇していた。三浦環のレコードも買って何度も聞く。浜松の合唱団に入って欧米の名曲から浅草オペラまで習っていた。オペラ歌手になろうか、それとも役者になろうか……、なすすべもなく憧れだけが膨らんでいた。

チャンスはやってくるものだ。

中田島海岸で太平洋を眺めていた時から一月ほど経ったころ、虎太郎はふと、ある新聞記事を目にする。

イタリアで学びアメリカで活躍していたバイオリニスト高折周一と、オペラ歌手としてアメリカで日本人として最初に「マダム・バタフライ」を歌った寿美子夫人が日本人だけのオペラ団をつくるというようなことが書いてある。

虎太郎はその記事に飛びつく。

デカダン的な気分もないまぜに自分の思いを一晩かけて書き綴り、翌朝、手紙を高折夫妻宛てに投函した。

もし虎太郎が正規の音楽学校で最初から勉強していたら、このような無謀で厚かましい行動は取らなかったであろう。世の中から隔絶された北遠の山里で育った純粋さゆえだった。

高折夫妻からは試験的にという意味合いで会ってもいいという返信がきた。

同じような手紙は高折の下には全国から送られてくるし、その中で夫妻の心に響くものには同じような返事を送っていたのであろう。

そんなことは知らない虎太郎にとって、夫婦からの返信ですでに高折の弟子になったも同然と思い込んでしまった。

まずは会社を辞めなければ……。

入社した四年前から同室で、先輩の松村孝男に相談した。

彼とは弁天島の海水浴や日楽（日本楽器）主催の合唱会に行き、何度か二川《ふたがわ》の実家にも遊びに行った。

「君が好きな道を行きたいというのはわかった。が、やっと正社員になったのだ。せめて二年ほど働いてからにしたらどうだ」

先輩が言いたいことはわかる。上京後の生活費を貯めてからにしたらという助言も含んでのことだ。

会社として舎監が四年間中等学校の科目を教えていたのも将来、責任ある仕事を任せられる人材を育てるためである。虎太郎もやっと四月から事務方の経理部に属して働き始めていたところだ。

半年足らずで退職する。

本家の喜助爺さまが口にした——恩知らず——とは、こういうことをいうのだろう。

虎太郎は会社に「一身上の都合」とだけ書いて退職願を出した。

深夜の浜松駅、見送りは松村孝男だけだった。夜汽車は十八歳になった白井虎太郎を乗せて、ひたすら東京に向かって走る。

早朝、高折夫妻の住む辻堂という駅で降りた。小雨が降っている。母に見送られ、犬居村を出た日も雨だったことをふと思い出す。

虎太郎の脳裏からは、その日を境に郷里の山村風景は消えてゆき、レビューの世界に身を置くことになるのだった。

第三章　三つの故郷

戦争と疎開

昭和三十六年の年明け早々、白井は故郷犬居（現春野町）で開業医をしている幼なじみの大沢武から久方ぶりに封書を受け取った。

五歳年下の武は白井を兄のように慕い、尋常小学校当時は家が近いこともあり、ほとんど毎日のように一緒に遊んでいたものだ。

北遠の山に囲まれた尋常小学校を卒業した白井は浜松の染物会社に就職し、武は東京の医学学校に進学、父親の病院を継いだ。互いの道が分かれて以来三十数年、会うこともなかった。

二人が再会したのは、太平洋戦争中だった。

二年余に及ぶ白井の洋行視察の成果で宝塚は戦前の黄金期を迎えていた。一方、昭和の初めごろから日本にはテロルの風が吹き始めていた。帰朝第一作「パリゼット」公演の翌年、満州事変が勃発。中国東北部に満州国を建国した。満州国を認めない犬養毅首相が殺害される五・一五事件があり、日本は満州国を承認しない国際連盟から脱退する。四年後、陸軍将校の一部が起こした二・二六事件により、軍部の力はますます強くなり、昭和十二年、北京郊外での日中両軍の衝突から日中戦争が始まった。

しかし、日本の大衆にとって戦争は大陸での出来事であり、生活に大きな変化はなく、むしろ関東大震災から復興した大都市を中心に消費文化が花開き、浅草オペラやオペレッタも蘇っていた。白井も満州に興味は薄く、相変わらず関心は西欧を向いており「アルルの女」「トウランドット姫」「マリオネット」などの外国物を大胆にアレンジする演出をさらに広げていた。

宣戦布告もなく大陸で続いていた戦争は、昭和十六年十二月八日、日本海軍による真珠湾攻撃で一気に現実的となり、太平洋戦争へと突入していく。

敵国の言語、音楽、文化などあらゆる洋物が排除される対象になった。宝塚歌劇団理事長となっていた白井は劇団の生き残りを模索し続けるが、反戦論者とみなされかねない。軍の要請により新人の演出家を起用して戦争を鼓舞する作品で生徒たちが戦地を慰問するようになる。

パリに滞在していたフジタ嗣治も帰国し従軍画家となって戦争画を描き、知り合いの作曲家も軍艦マーチや戦争を美化する曲や歌詞を作るようになっていく。歌劇団の将来に対して経営陣の間で噂話や誤解が飛び交う。

白井は悩んだ末、宝塚を辞して上京。男女共演の新しい演劇活動を目指していた東宝国民劇（現・東宝株式会社）に参加するが、昭和十九年になると日本のすべての劇場は閉鎖となった。

白井は宝塚入団当初から手掛けた脚本、振付、パリ時代に集めた楽譜やダンスステップのメモ、ポスター、チラシ、衣装デザイン、舞台装置のスケッチなどの膨大な資料を捨てられずにいた。もともと几帳面な性格ということもあり、個人的に保管していたが、見つかれば全て没収、焼き捨てられる。それ以上にスパイ容疑をかけられかねない。

資料はレビューの世界に身を投じた白井の人生そのものである。

当初は、日本形染時代に親しくしていた先輩の松村孝男の実家、二川に保管してもらうことを考えた。しかし、太平洋沿岸の二川では空襲の危険が及ぶ。なにしろ資料は全て紙である。ひとたび炎に触れれば一瞬で燃え上がるだろう。

白井は生まれた郷《さと》、犬居よりさらに奥地にあり、亡くなった姉の嫁ぎ先である集落、熊切の山本家の当主に預かってもらうことを伺った。姉の亡き後、当主は再婚し、特に親しく行き来していたわけではないが、山本家では快く引き受けてくれた。

北遠の山中はもっとも安全な場所であろう。楽譜、メモ、脚本など当面の貴重な資料を携えて、気田川の支流沿いの村、熊切を訪れた。川底の小石の形まで見えるほど透明な熊切川が集落を流れ下っている。川の音と、時おり木々の枝葉が風に触れあう音しか聞こえない。

村は戦時中であることが嘘のようにのどかだ。

十三歳で故郷を離れて三十年余。浜松、東京、宝塚、パリ、宝塚、そして再び東京へと夢中で駆け抜けている間、世の中は戦争と対峙する時代となっていた。

帰路、静寂に引かれるまま、舟木の渡船場、若身橋、瑞雲院から犬居へと気田川べりをつれづれに散策する。

記憶にある生家や周囲の家々は知らない人が住んでいるようだった。

見覚えのある武の家、大沢医院の看板や玄関、扉が開いた待合室はそのままだった。

声をかけてみた。

薄暗い廊下から白衣を羽織りながら小太りの中年男性が急ぎ足で近づいてくる。

丸顔で目尻が少し下がっている。白井はすぐにわかった。

「武！　白井だ。虎太郎だよ」

「ああ、いや……」

男は意味不明な声を発した。

白井虎太郎だとはっきりわかると、抱きつくように両肩に腕を伸ばした。

「虎兄か！　どうした！　皆を集めよう」

武は興奮気味に白井を外に引っ張りだそうとした。

「武、いや大沢院長、ここに来たのは内緒にしておきたいのだ」

宝塚を辞めて二川の知り合いの家に疎開していること、エノケンや古川ロッパのいる東宝国民劇に移ったことを伝えた。欧米で集めた資料を手元におくことは知り合いにも迷惑がかかると思い、姉の嫁ぎ先の熊切村の山本家に預けにきた事情などを話した。

軍もまさか敵国の資料が山奥深くに眠っているとは考えもしないであろう。

白井は事情を武にだけ話すと、森町で手配してきた車で立ち去った。

疎開先の二川で農作業をしている格好のまま故郷を訪れたため、犬居でも熊切でも白井の姿に目を止めるものはいなかった。

二川では浜松の染物会社で働いていた時、親しくしてもらった先輩、松村孝男の実家に身を寄せていた。

「会社を辞めて、オペラ歌手を目指し上京したい」という虎太郎を松村は親身に心配してくれ、夜行列車に乗る白井を浜松駅で見送ってくれた。

ついこの間のような気もする。

あの時、「困ったらいつでも帰ってこい。二川の実家は大きな農家だ。何とかなるからな」と声をかけてくれた。

先輩の言葉に感謝しつつ、当時の白井の頭は上京後のことで、いっぱいであった。

後に先輩の言葉を頼りに二川で暮らすことになるとは夢にも想像しなかった。

戦争の激化で疎開先として、妻の加津世と妻の姪美穂を伴って松村家を訪れると、まるで弟が帰ってきたように迎え入れてくれ、すでに家族を持ち当主となっていた先輩は、なんなく住む家と畑の世話をしてくれた。

著名な舞台演出家と畑仕事で鍬をふるう姿が一見、真逆な環境に見えるかもしれないが、白井にとってなんの矛盾も違和感もなかった。

野菜作りは、愛情を込めて辛抱強く育てる歌劇団の生徒の育成にも共通するものがあり、白井にとってやりがいのある面白い作業だった。

浜松に出るまでの間、教頭先生の家の農作業を手伝っていたこともある。茶摘み、麦の種まき、夏野菜の収穫——。父親の顔色をうかがう必要もなく、午後は教頭先生が持っている小説や古い教科書で好きなだけ勉強できた。十三歳の春から夏、教頭先生の家族と「平尾の上」で過ごした半年ほどが、思えば少年時代の一番輝かしい時間だった。

二川の疎開先では、天気の良い日は朝から暗くなるまで畑に出ていた。どこに、いつ何をどのくらいの間隔で植えていくのがよいのか、女優だった妻や姪は「まるで舞台作りみたいね」と笑う。

とはいえ、白井の頭からレビューの構想が消えてしまったわけではない。禁じられれば禁じられるほど、レビューの創作意欲はふつふつと湧きあがってくる。眠れぬ夜や、畑仕事のできない天候の日、白井は机に向かいノートに書き続けていた。

戦後の大作「虞美人」の着想は二川の疎開時代のものだった。


「あなた、電報よ」

東宝国民劇に移籍したまま二川に疎開していた白井に一通の電報が届く。

「どこからですか？」

妻の加津世は、電文を見て眉根を寄せる夫に問いかけた。

「山口……、いや、李香蘭さんからだ」

「え、あの中国の大スターの！　なんて言ってきたの？」

「僕に手紙を出したそうだ。その手紙に詳しいことは書いてあるらしい」

白井は作業着のポケットに電報をしまうと、そのまま畑に出かけてしまった。

一週間後の夕方、封書を受け取ったのは、庭で洗濯物を取り込んでいた姪の美穂だ。

黒ペンの美しい文字で「白井鐵造様」の宛名書き、差出人は「山口淑子」とあり、住所は北京市となっていた。

美穂は台所にいる加津世に「山口淑子さんという人、知り合い？」と問いかけた。

加津世は唇を閉じ、人差し指を口に当てた。

「手紙のこと、外では話さないでね」と釘を刺す。

白井は李香蘭すなわち山口淑子からの手紙に嬉しさと同時に困惑もしていた。満州映画協会に所属する中国人女優として売り出され、日華親善のアイドルスターと持てはやされているが、正直、深くかかわりたくはない。

演出家として親しくはしているが、彼女には〝謎〟の部分が多い。本人の稀有な美貌、華やかさ、語学力は別として彼女がどこまで意識しているか、わからないが戦争に利用されていた。

李香蘭は両親とも日本人、父は満鉄のエリート社員というだけで仕事の内容はわからない。旧満州で生まれ、現地の学校を出ているため北京語はネイティブ同様に話す。そのため中国人李香蘭として映画界で活躍するようになったが、彼女が日本人であることは業界の一部では知られていて、当然白井も承知していた。

満州映画協会にとって、また軍部にとって彼女が日本人であっては困る。出演した大ヒット映画「支那の夜」の日本人男性を頼る中国人女性という理想のイメージは、大日本帝国が望む満州国との関係に一致する。

しかし、李香蘭自身は日本では日本人として日本名で活動したいと思い、日本の映画、舞台関係者に訴えていた。

手紙を受け取った後、白井はたびたび東京に出かけるようになった。

妻の加津世も姪の美穂も、北京からの手紙が関係していることを察していたが、理由は尋ねなかった。

昭和十六年二月十一日、紀元節に丸の内の日本劇場で「歌う李香蘭」の歌謡ショーが開催され、白井も演出を手伝った。三千人収容の劇場に数万人の観客が詰めかけ警官が出動する騒動になった。

新聞、ポスター、雑誌などのどこにも「山口淑子」の名はなかった。

李香蘭が日本人だったと発表されたのは戦後である。

空襲は大都市だけでなく、地方都市にも拡大していく。浜松にＢ29が飛来したのは太平洋戦争に突入してから三年目の昭和十九年十一月。十二月には浜松への空襲が始まり、航空基地のある浜松は米軍機の標的となっていく。

東京には三月十日深夜、三百機のＢ29が飛来。二時間にわたり、焼夷弾を落とし続け約十万人が亡くなった。

東京大空襲である。

白井の世話になっている松村家にも、住居を失くした人や食料を求めてたくさんの人が避難してきていた。

官憲が他所からの疎開者の身元を尋問しているという噂もある。

白井は加津世と美穂に敵国の楽譜、脚本、舞台雑誌などを預けてある熊切村に一時的に疎開することを話した。二人に異存はない。迷惑をかけず何とか生き延びる場所があれば、白井について行くしかなかった。


砂埃の舞い上がる山道をすでに一時間以上バスに乗っている。

「ねえ、まだなの。こんな山の中に人が住むところがあるなんて考えられないわ」

山村への疎開に賛成したはずの妻が投げやり気味に呟く。

舗装していない九十九折の道路を走るバスの揺れは、嵐の海を航海しているごとく、体は左右に傾き、時には尻が椅子の上で飛び跳ねる。

「峰小屋を通り過ぎたから後は下りだ。この坂道を下りきれば長沢という部落がある。

そこから先は、気田川の川沿いだから大丈夫だよ」

都会育ちの妻や姪には過酷だったかもしれないなと白井は思う。白井にとっては徒歩でしか越えられない山道を乗合バスが走ること自体、感動することであった。

美穂は下を向いて、吐き気を我慢しているようだ。顔色も青ざめている。

遠鉄バスの終点、若身で降り、そこから別のバスに乗り継ぎ、さらに三十分ほど気田川を遡り、途中で支流の熊切川に沿って十分ほどで新しい疎開地、熊切村に着く。

昼前に二川を出発したが、晩春とはいえすでに夕闇が迫っている。

人家の明かりが段々畑の中にちらほらと瞬いていた。夕餉時だ。明かりが消え、寝静まってしまったら一寸先は闇の世界だろう。聞こえるのは川の音だけだ。

一日に二便しかないバスの到着がわかっているので、当主の山本家のおかみさんと息子さんが出迎えてくれた。疲れ果てていた妻はそれでも笑顔をつくり挨拶をする。美穂の方はうつ向いたまま頭を下げた。

豊橋の二川を田舎だと思っていた二人にとって、疎開先の熊切村は田舎というより異次元の世界だったかもしれない。戦時中とはいえ、二人が山村での生活に順応できるのか白井は気がかりだったが、心配は杞憂だった。

二人は日を追うごとに、生活にも自然の環境にも慣れていき、白井も含め家族だけの生活を楽しむようになっていった。

川で遊び、山を歩き、近所の人たちと世間話をする。山本家に嫁いでまもなく亡くなった白井の姉とき子の墓参りにも出かけた。

部落の人たちは白井一家のことを山本家の親戚で大阪から疎開して来た家族ということ以外、詮索をする人もいない。戦争の影が薄い部落では白井一家は村のお客さま扱いで、皆、親切に接してくれた。

豊かな自然と素朴な人々の中で家族三人が穏やかに過ごした熊切村の三ヵ月は、白井家にとって「桃源郷」だった。

昭和十六年十二月八日、真珠湾攻撃で太平洋戦争が開戦。世界中を巻き込む第二次世界大戦は、昭和二十年八月十五日に終戦を迎える。

日本に再び欧米の言語、文化、芸術、生活が怒涛のごとく押し寄せてきた。

故郷からのたより

戦後、再開した宝塚歌劇は白井を葬り去ることなく、劇団を去ってから十年目の昭和二十六年、演出家として再び宝塚の舞台に迎えた。

時代は白井の演出を渇望していた。

彼は水を得た魚のごとく「虞美人」「源氏物語」「白蓮記」など歌舞伎の手法も取り入れた大掛かりなグランドミュージカル・レビューを送り出していく。

日比谷の東京宝塚劇場は連合軍（ＧＨＱ）に接収され、軍専用のアーニー・パイル劇場として使用されていた。

その東京宝塚劇場も白井が宝塚に戻って四年目の昭和三十年、返還された。

再開のこけら落としは白井の作品「虞美人」だった。

豪華絢爛な秦の始皇帝の舞台、三百人の登場人物、本物の馬の登場、オーケストラボックスに男性コーラスを入れ戦いの場面を盛り上げる。原作は『項羽と劉邦』、二人の武将の物語だ。

三時間におよぶグランドミュージカル・レビューは宝塚歌劇を「所詮、関西の女性、子供だけのお楽しみ」と見ていた東京人を驚かせた。男性がいなくても女性が男性以上に男役をこなせることを実証した作品ともいえた。

「虞美人」など白井の演出が最高潮に達しつつあることを見届けた創設者の小林一三が昭和三十二年没した。小林は甲州財閥と呼ばれる山梨県の出身であるが、関西の郊外から日本のレビューの夢と理想を追った一生だった。

白井は演出家としてだけでなく文化人としても評されるようになり、翌年に兵庫県から文化賞を賜る。


白井が犬居の大沢武から封書を受けとったのは、演出家としても文化人としても円熟していく折だった。武とは疎開時に熊切を訪れて以来、近況の添え書きのある盆暮れの挨拶状は取り交わしていた。

武からの便りは故郷の山河と繋がっているようで白井にはそれだけで懐かしかった。武は開業医としての本業のほか、地元の教育委員会の仕事や郷土研究会なども主催して忙しいようである。

季節の挨拶状とは異なる武からの茶封筒の中にもう一通、「宝塚歌劇団　理事　白井鐵造様」と楷書体で書かれた白い封筒が同封されていた。


前略　貴殿ますますのご活躍に同郷の若輩としては大いに誇らしく、嬉しく存じ候。

今般、同封した手紙は春野南中学の教師、野崎和也君から貴殿へのご依頼である。

彼は一昨年新任教師として春野南中学に赴任してきた社会科の教師です。浜名湖の網元の息子だが、高校時代は山岳部で、春野には自ら希望して来たという変わり者です。

生徒の教育に熱意をもっており、なによりもこの山奥の環境が気に入っている様子。

詳しい依頼事は彼の手紙にありますが、生徒が関西地方に修学旅行に出かけるに当たり、新たな企画を考えているようで私のところに相談に来ました。

貴殿がお忙しいことは重々承知ながら、私も若い教師の熱意に応えられればと本状をお送りする次第です。

一方的なお願い故、ご無理であればお断りいただいてかまいません。


中学校の教師だという野崎和也からの依頼は白井にとって難しいことでもなかった。

文字からも若い教師の緊張感が伝わってくる。

野崎の手紙の趣旨はこうだ。

今年の五月、中学三年生の恒例学校行事である関西修学旅行が行われる。名所旧跡を回るだけでなく、地元出身にて関西方面でご活躍されている方を生徒たちに紹介したい。できれば宿舎にご足労いただき夕食後、一時間ほど生徒に話をしてほしい。情報の乏しい山村で小中学を過ごしている子供たちに、地元の先輩のお姿や言葉が将来の彼らに励みと希望を与えるはずである。

地域の発展に尽くしておられる大沢先生にご相談したところ、白井先生をご紹介いただいた。

今のところ小生の個人的なお願いでありますが、ご承諾いただけるようであれば当校の森山校長より正式にお願い申し上げる。

逡巡《しゅんじゅん》しながら、切々と訴える文面に白井は好意をもった。

そしてある考えが浮かび、関係者に相談し、二日後、大沢武に返信をしたためた。

拝復
山村に赴任してきた若い教師から相談されるとは、日ごろの貴方の活動が地元で如何に頼られ、信頼されているかという証左であり、兄貴分の吾輩としては嬉しく存じ候。

さて、野崎教師からのお申し出は賜りました。

ただし、私は演出家であり講演などは苦手です。

せっかく旅館で楽しんで過ごしているときに同郷だというだけで昔話を聞かされる生徒は気の毒です。そこで来阪の折、半日当地、宝塚までバスを回していただき、宝塚公演を観劇されてはどうでしょうか。

　そちらの日程のこともありますが、私の話などより、よほど良い刺激、いや思い出になることでしょう。野崎教師にはそのようにお伝えください。実現するようであれば、本件の詳細な打ち合わせのため事務局の担当者をご紹介します。

日を置かずして夜、白井の伊丹の自宅の電話が鳴った。

「あなた、春野の大沢さんという方からです」

妻の加津世が怪訝な顔で夫に受話器を渡した。

「白井先生ですね。虎太郎って呼んでいいかい？」

「ああ、昔のように虎兄でも、虎公でもいいよ」

白井は笑う。

「修学旅行で生徒たちに宝塚を観劇させる話、私と野崎先生とで学校に話させてもらったよ。一も二もなく喜んでいる。といっても〝宝塚歌劇団〟の名は知っていても教師の誰も観たことはないし、白井鐵造が何者であるかということは説明しづらかったな」

「弁護士とか政治家とか、ピアニストのようにわかりやすい職業ではないからね。演出や振り付け、脚本も書くといっても所詮、裏方仕事だからな」

「兵庫県から文化賞を贈られ、演出した芝居を天皇ご一家も観劇されお会いになっていると言ったら、校長も興奮してね。たまたま野崎教師の奥さんがファンらしく、雑誌や関連の写真を持っていたから助かった。今、野崎君に代わるよ」

緊張して受話器を持つ男性教師の姿が浮かぶ。

「野崎和也と申します。この度は誠にありがとうございます。大沢院長のおっしゃる通り、白井先生も宝塚歌劇団も山奥の中学生には意味不明であろうと思われます。失礼がないように旅行前に説明しておきますので……」

「先生でなく、白井でいいですよ。野崎先生でしたね。私のことも歌劇団のことも事前に生徒さんたちに説明などしておく必要はありません。予備知識を持たずに来ていただき、目で観て耳で聞いて心で感じてもらえばいいのです。修学旅行で出会った、美しく楽しい思い出として残れば十分でしょう」

白井は思い出していた。

十三歳で浜松に出てきた半世紀前、初めて太平洋に出会った感動、潮の匂い。水平線の先に自分の知らない果てしない世界がある。海は前へ進むことを教えてくれた。

宝塚の観劇体験は十代の若者にはこれからの人生で、いつの日かきっと何かの力を与えてくれることもあろう。

音楽や演劇関係に進みたいと思う生徒が現れるかもしれない。

サルタンバンク

照明が落とされた客席に腰を沈め、両足を組んで、にらむような眼差しで舞台をみつめていた白井鐵造は、しだいに表情を和らげると何度か頷いた。

舞台では花組の「サルタンバンク」が公演中である。宝塚ファミリーランド開設五十周年を記念して再演された白井の作品だ。

サルタンバンクというのは、モンマルトルの大通りなどに天幕を張り、散策する人に曲芸や手品を見せたりする大道芸人のこと。

物語は一座のスター、ルイズと道化師ピエールの恋物語。ルイズに想いを寄せるピエールだが、彼女は道化師の思いに気づかず青年貴族に引かれ玉の輿を夢見ている。ある時、伯爵に招待された舞踏会で彼の婚約者にひどい仕打ちをされたルイズは、最後には道化師ピエールの元に戻っていく。単純でありきたりな筋書き、白井は承知の上である。

華麗な衣装の踊りがあり、憧れの花の都パリをイメージする歌があり、ハッピーエンドの結末がある。観客は現実を忘れ、華やかな夢のひと時に浸りきる。

明日への希望や活力を得る者もいるだろう。見終わった後も甘美な高揚感は観客の脳内に繰り返し蘇り、刻み込まれていく。

それこそ、日本の、宝塚のレビューだ、というのが白井の信条である。

それは「サルタンバンク」を初演した三十年前からいささかも変わっていない。

三十年前、白井は初めての外遊で二年余のパリ生活から帰国し、次々とパリをテーマにした作品を打ち出していた。

帰国第一作目の「パリゼット」は三ヶ月のロングランになる。

その後の「セニョリータ」「ローズ・パリ」「ライラック・タイム」「シャンソン・ダムール」も好評だった。

「サルタンバンク」の初演は帰国二年目の一九三二年。ミュージカル・ロマンスとして大当たりだった。

あれから三十年後の再演である。

同じ題材を三十年後、新たに蘇らせる試みを白井は自らに課していた。

新作のつもりで歌もパリで六十年代に流行しているものと入れ替えた。男役の道化師ピエールは葦原邦子から淀かほる、女役のスターのルイズは紅千鶴から加茂さくらになった。

再演ものはどうしても初演と比べられるため生徒にとってハードルは高い。

しかし、二人の新人の起用は成功だったと白井は考えた。

なによりも二人に成長が見込める。そして華があった。

容姿端麗、最初から演技や踊りも上手く歌唱力があっても大成しない生徒がいる一方、宝塚音楽学校の入学試験で、自己紹介の欄に特技は体操だと書いた応募者が男役のトップスターになっていく例もある。

人気スターとなる最後の勝負は本人の持つ〝華〟の有無になる。

白井をはじめ劇団の演出家たちが面接で合否の判定を決するのも最終的には本人も気づかない生来の〝華〟の有無かもしれない。

華とは言いかえれば色気だろう。

しかも宝塚においてはギリギリ清潔で品位がなければならない。

舞台ではパングァン一座の道化師ピエールが「涙に悲しき恋」を歌い、一座のスターで、ピエールが思いを寄せる綱渡りのルイズが赤いドレスで「ロマンティカ」を歌う。二曲とも白井が日本に紹介する新しいシャンソンである。

「涙に悲しき恋」はエディット・ピアフが歌い、「ロマンティカ」もパリでヒットしている曲だ。

淀かほるの愁いのある二枚目は片思いをするピエロ役には適役であり、加茂さくらの無邪気な可憐さと歌唱力に白井は満足していた。

十二段の階段に六十名の出演者が勢ぞろいするフィナーレの幕が下りると白井は拍手が続いている最中、そっと楽屋に移動し、そのまま幕の下ろされた舞台に躍り出た。出演した総勢六十名が、そのまま階段上に並んでいる。

白井は彼女たちを左右に分け、階段の中央には八十名余の人数が並ぶ空間を作った。同時に照明係と専属のカメラマンを呼んで撮影場所を指示。主演クラスのトップ数人が並ぶ階段下では彼女らが腰を落としても付けている羽飾りが撮影の邪魔になることに気づく。そこで、彼女らは幕が下りると同時に舞台袖で練習用の浴衣に着替え、最前列に並び直してもらうことにする。

白井が最後にもう一度、中央、左右から舞台全体の撮影位置を確認し、解散となった。

その間、わずか五分足らずだった。

昭和三十六年五月、春野南中学生七十名余が観劇にやって来た。バスの到着時刻に白井は劇場の前に立ち、一人で出迎えた。

音楽学校の生徒や事務方数名を呼びましょうかと言う担当者の申し出を断った。大勢の劇団関係者を並べて出迎えるなどということは白井の美学に反するし、「レビューの王様」

などと称される姿を誇示したいわけではない。

白井の脳裏にはバスを待つ間、郷里の秋葉山や村を流れる気田川が浮かび、その風景と匂いがそのまま近づいて来るような錯覚を覚え、胸が締め付けられるようであった。

二台のバスでやってきた生徒たちはもたもたと整列しながら教師に教えられた通り白井の前で頭を下げるが、目は劇場の入り口や華やかなポスターが貼られた壁に向けられている。

白井は観劇の後に特別なサプライズを用意していた。

戦前の元宝塚劇団理事長、現在の理事であり演出家としてトップを占める白井にしかできないプレゼント。観劇した生徒、教師と出演者全員が同じ舞台の階段に並んでの記念撮影である。限られた数分間に百四十人の人物を一度に公平に撮影することは至極の業が必要であったが、白井は二日前に確認を終えていた。

観劇後の写真撮影も白井の計算通り問題なく終了し、生徒たちはバスに乗り込んでいく。到着した時よりも、何かが違う。

皆、寡黙である。そして顔が輝いているように見えた。白井に向けられた目に感謝が込められているような気がした。

見送りも白井一人だ。生徒たちがバスの窓から手を振り続けていた。

後日、人数分焼き増しした写真ができ上がってきた。

男子生徒は皆丸刈り、女子生徒はおかっぱ頭の中におさげ髪の子もいる。生徒と歌劇団の出演者の間に教師たちが立つ。中年の教師たちのなかに一人、痩せ形の青年がいた。野崎和也だ。

胸を張り正面を見つめ、白井の想像通りいかにも生徒たちから慕われそうな真面目な風貌をしている。

野崎宛てに送る写真の中に白井は「奥さんへ」として淀かほると加茂さくらのサイン入りブロマイドを入れておいた。

確か宝塚のファンと言っていた。

五年後、野崎は袋井方面の中学に転任し、再び春野の教師に戻ることはなかったが、修学旅行生の宝塚観劇の実現をいつまでも感謝し、白井とは季節ごとの挨拶状を交わすようになっていた。

宝塚歌劇を観劇し、写真撮影をすることは春野南中学の修学旅行の慣行となっていく。

時は移りゆく

誰にも限界は訪れる。

歌劇団内部では小林一三没後、体制の一新や改革が叫ばれるようになっていた。専門家の間では白井の演出は古いとかマンネリだとかいう声もささやかれた。

その頃、日本全国にセンセーショナルな話題を巻き起こした作品が宝塚歌劇に生まれた。

漫画家池田理代子原作の「ベルサイユのばら」である。

劇団座付きの植田紳爾が脚本を書き、日本映画界を代表する二枚目俳優の長谷川一夫が演出をサポートした。

昭和四十九年、月組の初演観客動員数は四百万人を数えた。

「ベルサイユのばら」は白井の描いてきたフランス、パリではない。

完全に日本化されたフランスである。シャンソンは一曲も歌われず、歌は演歌調の歌謡曲。時折バックに遠く流れるフランス国家「ラ・マルセイエーズ」がフランス革命を暗示するのみだ。

白井は「ベルサイユのばら」の成功を見ながら、日本に定着する宝塚レビューが生まれつつあることに安堵する一方、寂寥感が過《よ》ぎる。

――モン・パリは去っていく――

白井が演出の現場から遠ざかることに反して、対外的な名声は高まっていく。紫綬褒章に続き、勲四等に叙せられ、旭日小綬章も受章。各局のテレビ番組に取り上げられ、名士となった。

かつては演出の良し悪しで厳しい批判や賞賛を受けていたが、今は仕事そのものの評価ではなく、過去の成功した実績を讃えられることが面はゆく、戸惑いも覚える。

すでに現役でないことを世間の目から自覚せざるを得ない。

「日本レビュー界の巨星」などと掲げられる名声が、演劇界を目指す若者の指針や、故郷の活性化に役立つのであればと割り切ってはいるものの、すべてのエネルギーを舞台にぶつけた現役時代は過去になった。

白井は度々、郷里の春野を訪れるようになっていた。

地元の行事に招待される時もあるが、ひっそりと訪れて馴染みの旅館松本屋に宿泊する。下駄履きで散歩をしている姿を見かけた人もいる。

晩年の白井は劇団内で恵まれなかったという声もあった。

秋葉の火祭り

昭和五十五年の秋、袋井に転任していた野崎和也は、大沢院長の呼びかけで「犬居城址顕彰祭」に参列するため春野町を訪れた。そこで修学旅行の引率以来、二十年ぶりに白井鐵造に出会った。おそらく大沢院長の計らいであろう。

時折、眼鏡の奥から発する好奇心溢れる目線や背筋の伸びた矍鑠《かくしゃく》とした老紳士ぶりは二十年前と変わらなかった。

いや、何かが変わっている。

穏やかだ。かつての鋭く光る剣先がない。

「野崎先生、やっとお会いできましたね」

懐かしそうに近づいてくる老人は定年退職した教師のようにも見えた。

一連の行事が終わった夜、大沢院長と野崎は白井の定宿松本屋に呼ばれ、あらためて酒をくみ交わしながら、よもやま話に花を咲かせていた。といっても野崎は彼ら二人の思い出話に耳を傾けているだけだったが。

帰り際、大沢院長が下げてきた風呂敷包みを白井の前で開けた。

「先日、うちの納屋を片付けて見つけました」

長さ二十センチ、幅と高さは十五センチ程の細長の箱を取り出し、包んである新聞紙を解く。

「なんだかわかりますか?」

「煙草盆だな。今どき珍しい」

「虎兄の親父さん、松作さんが作ったものだ。亡くなった母から聞いたことがある」

白井は無言で暫く見つめていた。手に取るとまるで骨とう品の品定めをするようにいろんな角度から眺め始めた。

折り畳み式の持ち手付、箱の半分に南部鉄の灰皿が埋め込まれ、片側は蓋付きの煙草入れになっている。箱全体に桜皮が貼ってあり、鈍く艶やかな光を放っている。

細心の神経が行き届き、いささかの手抜きもない。

頑固な職人だった白井松作そのものだ。

「父親に可愛いがられた記憶はない。酒飲みで気まぐれで、職人として腕は良かったらしいが母親が苦労していた。うちが貧乏なのも、母親が早く死んでしまったのも、父親が原因だった」

夜がだいぶ更けてきた。

筧の水音だけが障子戸越しに響く。

「武、ありがとう。これ、もらってもいいか」

「無論、そのつもりだ」

白井鐵造の指導は歌、踊り、演技のどれに対しても厳しいというのは定評だった。

生徒の演技指導だけでなく、舞台背景の色彩、照明の当て方、舞台衣装からアクセサリーのデザイン、舞台に置かれるテーブルや椅子の材質にもこだわりがある。

白井の頭にイメージが完成されており、出演者も裏方も彼のイメージ通りに舞台を創り上げていく。イメージ通りに仕上がるまでは徹底的にダメ出しをする。

妥協がないのだ——。

松作の仕事と同じである。

白井が新聞紙に包み直しながら呟いた言葉を野崎は覚えている。

「あんなに憎んでいた父親だが私の性格は……。結局、父親に似ていたようです」

野崎は白井の度の強い眼鏡の奥が湿っているように見えた。

翌朝、野崎は中古の日産で、白井を遠州鉄道の西鹿島駅まで送った。

道中の白井は饒舌だった。

車が犬居の集落を抜け秋葉橋にかかる手前で「すまないが、秋葉神社下社と秋葉寺里坊の千光寺にお参りしていきたいので立ち寄ってくれませんか」

「いいですよ。私もご一緒させてもらいます」

「野崎先生はたしか山歩きが趣味とかでしたね。春野の山は詳しいのでしょう」

「秋葉山に登ったのは高校生の時でしたが、まさか最初の赴任地になるとは思いませんでした」

「では、十二月の秋葉の火祭りに行ったことありますか。一度は見てみたいと思っていたのですが、もうこの年では無理ですな」

「私は四、五回かな。あれは夜と闇の中の奇祭ですね。なにせ十二月の真夜中、標高六百メートルの真っ暗闇の山中の寺の境内で、法螺貝と金剛杖を持った修験者たちが積みあげた護摩木に火を点ける。一人の修験者が四畳半ほどの折り畳んだ白い紙を両手で掲げ、護摩木の真ん中に立つ。炎が暗闇のなかで燃え盛り、修験者の体に燃え移る寸前、護摩木の中から飛び出るのですが、修験者の手から離れた白い紙が大凧のように夜空に舞い上がり、上昇気流に乗って左右上下と揺らめく。まるで天狗が頭上で舞っているようです。紙の四方はあらかじめ糸で竹の先端に結び付けられていますが……。住職や修験者たちの読経の中で日常の世界が遠のいていくようです」

野崎は火祭りの話をしているとなぜか、熱くなってくる。

神仏に関係なく、火に対する古代からの人間の畏敬の念が興奮を呼ぶのであろうか。

気を鎮めて続けた。

「その後、熾火《おきび》となった護摩木の上を修験者を先頭に見学者も素足で歩いて渡るのです。三メートルぐらいの距離ですが、まだチロチロと火が燃えているのです。私もこわごわ足を踏み入れましたよ。しかし、不思議です。熱さを感じません。氷点下の山中、裸足で順番を待つ間に足は冷え切ってしまい無感覚のまま、熾火の上を走り渡りました。自分が浄化されたような気分になります。火祭りの御幣を拾った者はご利益があるとかで、今でも持っていますよ」

野崎は教師としては、いささか合理性を欠く説明に笑いながら続ける。

「信者が山を下り、あるいは宿坊にこもった真夜中、寺では天狗に食事を供する七十五膳献供式という儀式が行われます。膳といっても米と里芋、餅だけです。儀式は住職と役寮だけで闇の中で行われ、誰も見聞きすることは許されないということです」

「野崎先生はお詳しいですね」

「いや、妻からの受け売りです。妻は秋葉山の登り口、坂下の旅館の娘ですから」

高校時代に友人と立ち寄って、休憩したことが知り合うきっかけだったことは白井には話さなかったが、恋愛物語を何本も創りあげてきた希代の演出家には野崎の青春時代の出来事はおおよそ想像がつくことであろう。

白井も思い出話を語りだした。

「私は子供だったから深夜の山中での火祭りは見たことはありませんが、お祭りの時、友だち数人とお神楽の舞台に上がったことがありますよ。人前で踊った最初ですね。山奥で育った子供時代と宝塚での仕事はあまりにもかけ離れているので、自分を違う人間のように思うときがあります。今の私は自分の努力とか好奇心だけでは説明はつきません。運命です。秋葉三尺坊の天狗さんのおかげと思うと納得できます」

車は秋葉神社下社の門前に着いた。

十一月半ばの秋葉神社下社も秋葉寺の里坊千光寺も人の気配はなく、これから迎える紅葉と落ち葉の季節をひそかに待っている。

二人はお参りをして、車に戻った。

車は西領家から秋葉橋を渡り東領家に向かう。

人家が途切れる手前で白井がまた野崎に声を掛けた。

「この辺りで停めてくれませんか。たしか尋常小学校の同級生が住んでいたはずなので……」

路肩の草むらに車を寄せると白井は畑作業をしている女性に話しかけた。

女性が家に戻ると杖を突いた老人が家から出てきた。白井と老人は短い会話を交わし、老人に頭を下げると白井が戻ってきた。

「苗字は忘れたがこの辺りに父親が炭焼きで、権太という同級生がいたのです。彼は尋常小学校を卒業すると秋葉山の歩荷をしていた。わたしが浜松に出る時、見送ってくれた同級生です。関東大震災のころまでは住んでいたようだが、父親が亡くなると妹と弟を連れて親戚で世話になると言って出ていったらしい。どこへ行ったかはわからないとのことだった……無理もないよ。あのころは生きていくことは食べていくことという時代だったから」

「私がこちらに赴任したのは戦後十年以上たったころですから、山村とはいえ年々豊かになっていく時代で、日本は高度成長期の戸口に立っていました。モノクロのテレビが家庭に入り始めていたかな。歌番組で橋幸夫の〝～潮来傘〟とか舟木一夫の〝赤い夕陽に～〟なんて歌謡曲が流れていました。映画は週替わりで犬居の公民館にかかっていて、石原裕次郎や小林旭が生徒たちの話題でした。しかし、修学旅行での宝塚の観劇は別世界のものでした。歌も踊りも芝居も本物、つまり実物に接したのですから。白井先生にはあらためてお礼を申し上げます」

「いや、きっかけは野崎先生からのお手紙ですから。あなたが私に手紙をくださったおかげで、郷里との距離が近いものになりました」

「若気の至り、ずうずうしいお願いをしたものです。半分はダメもとでした」

「若気の至り、結構ですよ。私が宝塚に行くようになったのも、著名なバイオリニストとオペラ歌手のご夫婦に手紙を書いたことがきっかけでした。思ったことは行動してみることですね。運というものはそこから開けてくるのかもしれません」

「どこに流れつくかは秋葉の天狗さんにお任せする?」

「その通り、ですね――」

二人は同時に笑う。

杉木立の急坂が続く。

「もうすぐ、トンネル工事が終わるらしいです。そうするとこの峰小屋は必要なくなり、浜松まで一時間でしょう」

「夢のようですね。私が浜松に出るときは朝から昼過ぎまで歩いて二俣に着くと、そこから馬車と軽便電車でしたから、一日がかりでした」

「便利になりますが、旧道が廃れていくのは寂しい気もします」

二人は同じ道程で、それぞれの時代に想いをはせていた。

白井は雨に濡れながら浜松に向かって夢中で歩いた時代の秋葉街道。

野崎は山岳部の友人とバスで秋葉街道を経て秋葉山に登った高校時代、そして赴任してきた地で妻と再会した頃を思い出していた。

山峡の青春

野崎和也の下宿は山側の中学校とは反対の川に下りる途中の農家だった。老夫婦が住んでいた。案内されたのは納屋を改造した離れの六畳に二畳の板間付の部屋だ。独身の男性の住まいには十分だろう。

雨戸を開けると西日が射し込み、庭先から雑草の生えた土手が続いていた。土手沿いに植えられているのは山桜だろうか。蕾はまだ固そうである。

「お風呂場とご不浄はわしらの部屋と離れの間で、一緒に使うけど」

大家の奥さんが遠慮がちに言うと、湯飲み茶わんと梅干の入った皿を置いていった。

山村では教師という職業は都会で想像するよりずっと尊敬の目で見られる。特に和也のように都会から山村に赴任する若い教師は少ない。野崎和也にとって全く未知の土地ではなく、秋葉山のふもとの集落は、亡くなった祖母の出身地だった。

幼いころから秋葉山の火祭りや京丸ボタンの伝説話を耳にしていた。

初めて訪れたのは高校時代。同じ山岳部だった太田昌志を誘って秋葉山の頂上まで登ったことがある。和也の初めての赴任先が秋葉山のある中学校と聞いて、昌志が引っ越しの手伝いに駆けつけてくれたのも彼にとって思い出の地だったからだろう。

「荷物を部屋に入れたら、近所を歩いてみようぜ」

「そうだな、今夜は二人が寝る場所だけあればいいさ」

昌志も五年ぶりに訪れた山村が懐かしいようだ。

「高校の時、和也に誘われて秋葉山に登るために二俣からバスに乗って来たことがつい、この間みたいだ」

「まさか、新任地になるなんて天狗の導きかな」

「天狗の導き？　教師らしくもないな」

「昌志も昔、同じことを言ったことがあるぞ」

「あの時か……」

昌志はつぶやいて、二人で笑った。

高校二年の夏休みだった。

和也と昌志は秋葉山の登り口でバスを降り、栃川という小川ほどの川にかかる九里橋を渡った。

秋葉山を目指して秋葉街道を進むと、掛川宿からも浜松、鳳来寺の宿からも距離がちょうど九里ある地点ということに由来するらしい。

秋葉詣でが盛んだった江戸時代中頃には九里橋の辺り、数十軒の宿屋や茶店があったことをうかがわせるが、戦後の昭和二十年代、真夏の参道は人気もなく、強い日差しが石畳に照り返している。空気までもが午睡してしまったかのようである。営業しているらしい旅館の軒先で娘さんが打ち水をしていた。柄杓から放たれた水音が眠りをさますように響く。

「こんにちは」

二人が声をかけると、驚いたように顔を上げ、「ご苦労様です。今晩はお泊りですか」と、気さくに問いかけてきた。

これから早足で頂上まで登り、下山しても最終のバスには間に合わない。登山口の宿屋に泊まるしかない。今宵の客かも、という期待での問いかけだったのだろう。三尺坊の宿坊に泊まると言うと少しがっかりしたようだ。

「冷たいお水を飲んで一服していきませんか」

近辺では出会わない都会の若者は若い女性には心の弾む客だったかもしれない。

「せっかくだから一休みしていこう」

昌也も彼女に好感をもったようだ。娘は奥から、冷えた水をコップに入れてきた。話してみると、彼女は二人がよく知っている浜松のカトリック系の女子高の一年生で、夏休みで実家に帰省中だった。

店先の棚に土産物らしい雑貨が数種並んでいる。

「僕、記念にこのお守り買います」

お礼のつもりもあり、和也は思わず、刺繍の施された袋を手に取った。

「秋葉山三尺坊の天狗さんのお守りです。きっとご利益ありますよ」

お愛想でなく、彼女は本当にそう思っているようだ。


秋葉山は登り口からかなり険しい。九十九折の両側は成長した杉や雑木が空を覆い、ほぼ日陰道で薄暗い。大小の岩石に、横たわる木の根っこや折れた枝をさけながら急こう配を三十分ほど登ると、かつては茶屋があっただろうとおもわれる平坦な一角に出る。道も緩やかになり、景色が広がる。三十基目の石灯籠を越えると、森林の途切れた東南に富士山の八合目あたりから頂上までが見渡せた。

「夏の富士か、雪がないと影絵みたいだ」

和也も秋葉山の道程で遮るものがなく富士山が見える場所があることは知らなかった。途中、休憩を入れ、登り始めて一時間三十分ほどで秋葉寺《しゅうようじ》の仁王門が見えてきた。


秋葉山秋葉寺は養老二年（七一八年）、行基により開山したと伝えられている。開山から九十年後に大権現三尺坊が現れた。

三尺坊とは越後蔵王堂十二坊のうち三尺坊で修行した修行僧である。荒行が満願した夜明け、法力によって空中浮遊ができるようになり、烏形有翼のガルーダになる。そして火《ひ》防《ぶせ》信仰の霊山秋葉山に飛来したと伝えられる。秋葉寺の守護仏は鳥相比翼の烏天狗の様相をしている。

南北朝時代になると秋葉寺は山城として南朝の親王方を擁護したと言い伝わる。鎌倉時代あたりから熊野の修験者が修験の霊山として入山するようになり、宿坊が設けられるようになった。江戸時代には伊勢参りと二分するまでに秋葉詣でが盛んになり、秋葉街道はもっともにぎわった。

秋葉街道というのは、特定した一本の道の名称ではなく、秋葉詣でを目指す道筋の名称なので何本もある。代表的なのは掛川、袋井、浜松方面から北へ向かう道筋。他は三河から奥浜名湖を回って天竜川を渡る道筋。信州や甲府から青崩峠を越えて南に下る道筋も秋葉街道と呼ばれたが、信州街道と呼ぶほうが一般的だろう。

古来、秋葉山は寺と神社が祀られる両部神道《りょうぶしんとう》であったが、明治政府の廃仏毀釈により、山頂には秋葉山本宮秋葉神社が建立され、秋葉寺は仁王像も解体されてしまう。古記録や経巻も焼却され、廃寺となってしまった。七年後、信者の嘆願により復興された堂宇が山頂より二百メートル下の平坦地杉平にある現在の秋葉寺である。

和也と昌志が登った時は、山頂の秋葉神社は戦争中の山火事で焼失しており、杉平の秋葉寺だけが明治の面影を宿して残っていた。その晩、二人は秋葉寺の宿坊に泊めてもらい翌朝、山頂まで登った。山頂にはかなり広い平地があり、廃仏毀釈の令まではそこに秋葉寺本堂と山城があったことは石垣の立派さからも偲ばれた。

赤石山脈を背に南東遥かに遠州灘が霞んで見える。焼失した神社の跡地には、夏草が一面に生えていた。

二人は無言で腰を下ろし、水筒の水を飲む。

和也がつぶやく。

「〃不来方《こずかた》のお城の草に寝ころびて　空に吸はれし十五の心〃か」

「啄木だったか、さすが文学青年だな」

セミの鳴き声が下からあがってくる。日陰もない炎天下の草原に長くはいられない。

「同じ道を戻るのもつまらない。尾根を歩いて反対側の天竜川に下りようか」

「そうだ。地図を見ると、秋葉山頂への道は何本かある、せっかくだから別なルートにしよう」

昌也も賛成する。

焼失する前の神社が建っていたと思われる裏手に回ると、登って来た道とは別な道が続いている。両側の夏草は刈り込まれ、二人が並んで歩ける十分な道幅だ。数分進むと道幅が狭くなってくる。いや、伸びた夏草の勢いが左右から道を覆っているのだ。

ついに道が判別しにくくなった。

風雨に打たれた木製の標識が倒れている。矢印に雲名《うんな》とあるが、横倒しの標識の矢印はどちら向きが正しいのか分からない。

「弱ったな。雲名というのは地図でみると天竜川沿いの集落だが、方向が読めない」

「かといって、戻る道も分からなくなってしまった」

背丈以上の夏草に囲まれ、陽気な昌志も焦る。

「とにかく下っていこう。沢を見つけたら沢に沿って下る。どこかの支流にぶつかる。その支流沿いを歩けば人家があるはずだ」

二人は傾斜の緩い場所を選んで下り始めた。四十分ほど下ったが沢も渓流にも出合わない。それどころか傾斜はきつくなってくる。

「川の音が聞こえないか？」

和也が言うと同時に昌也も「川だ！」と叫ぶ。

背後の丘を登ると、眼下にゆったりと広い川が流れていた。

「気田川だ。天竜川とは反対のところに出てしまった」

「かまわない。遭難を免れた」

「しかし、和也、川までどうやって下りる」

気田川は急斜面の三十メートル下の崖を洗うように流れている。暗緑色の水。眼下の水深は相当深いのだろう。対岸は浅瀬で流れは穏やかであるが、川幅が百メートルほどある。下流で釣りをしている男性がいた。

「とにかく、あの釣り人に気づいてもらおう」

交互に大声で呼びかけるが、川音にかき消されて届かない。石を拾って川に向かって投げ続ける。

釣りを邪魔された老人がやっと二人に気づき、最初は警戒したが、どうやら都会の若者が道に迷って助けを求めているらしいことがわかると、指で下流を指した。そこに対岸に渡る橋があることを仕草で示している。

標高八百六十メートル余の秋葉山であるが、その背後には一千メートル、二千メートルの赤石山脈が連なっており、霊山として修験の場所にもなっている。それゆえ、行方不明者、犯罪人の隠れ場所、自殺者や心中事件など昔から事故や事件は少なくないという。和也と昌志も一歩間違えば大事に至るところであった。

ふもとで買った秋葉山のお守りのおかげかもしれない。

お守りは和也のリックの腰の辺りで揺れていた。

遠州灘

白井を乗せた野崎の車は山を下り、天竜川の河畔の町、二俣に出た。

「汽車の時間は大丈夫でしょうか？　伊丹のご自宅には遅くになりますね」

「いいえ、今日は二川の親戚に泊まります。妻の姪が結婚しておりましてね。私たち夫婦には子供がいなかったので、彼女とは一時一緒に暮らしていたので娘同然です。血脈は薄い人生でしたが、私の故郷は春野、二川、宝塚と三か所あります」

「羨ましいですね。私も妻もずっと遠州暮らしです」

「野崎先生もお忙しいでしょうけど一度、奥さんとご一緒に宝塚にいらっしゃいませんか」

「ありがとうございます。宝塚ファンの妻が喜びます。私も宝塚へは修学旅行の生徒の引率で行ったきりです」

「当時、野崎先生は新婚でしたね」

「大沢院長の紹介で、私が白井先生に手紙を書いたことを話すと妻は驚いていましたけど、主役二人のブロマイドを送っていただき、感激していました。私が妻に自慢できることです」

「そんなこともありましたか。あの時は、修学旅行生が宝塚に来てくれた最初でしたからね。演目は確か『サルタンバンク』でしたから、ブロマイドは淀かほると加茂さくらでしょう。二人は新人で私が抜てきしたのですが、トップスターになっていきましたよ」

野崎夫婦は平凡だけど幸せな人生を歩んでいるのだろう。

自分と妻、加津世はどうだっただろう。結婚して半世紀、今さらどうこうということはないが……。

社交的で、面倒見がよく、周りを気遣いながら、明るく盛り立てる。派手好きで、多少見栄っ張りであることは、かつて宝塚の人気スターだったことを思えば自然だろう。時間があれば自宅の裏庭で一人、野菜作りをするのが趣味の夫と、麻雀が趣味の妻とは水と油だ。

時には激しく言い争うこともあった。

夫婦喧嘩でも白井の頑固さ、融通のなさは、演出で妥協を許さない白井そのままだ。妻も太刀打ちできない。

白井の立場上、それなりの席に招待されたり、こちらから招待したりすることもあるが、どんな席でも夫を気遣い、そつなく振る舞う。

「オシドリ夫婦」と評されるが、蔭で「仮面夫婦だ」と言う人もいる。

どちらも当たっていると白井は思う。

子供のいない白井夫婦は、遠い親戚筋や知人の紹介で養女をもらうこともたびたび試みてきた。妻の姪、美穂もその一人で四歳の時から白井家で育ててきた。しかし美穂は戦後まもなく疎開先の松村家の跡継ぎ息子と結婚し、白井家を離れた。それでも六十代半ばまでは、養女に、と同居した遠縁の子もいたが、本人の都合や周りの事情から話は進まなかった。

結局、誰も白井の籍に入ることはなく時が過ぎていき、夫婦とも七十歳を過ぎて養女を迎えることは諦めた。

演劇界では日本のレビュー王、巨匠などと囃《はや》され、故郷では先生、先生と成功者と見られても、白井の家は自分の代で終わる。

かろうじて自分の作品や作曲した歌が後の世に残るのであれば、満足としよう。

八十歳を前に上演したグランド・レビュー「ラ・ベルたからづか」が宝塚での最後の作品。その後、東京・銀座博品館劇場の公演「シェルブールの雨傘」が演出を手掛けた白井の最後の舞台となった。

「先生、西鹿島駅に着きました」

野崎の声に我に返り、白井は車から降りた。

「野崎さん、ありがとうございます。あなたと接していると、尋常小学校の教頭先生や担任だった先生を思い出します。卒業するまで仕事が決まらず心配して、浜松の会社を紹介してくれたのです。二人の先生方のおかげで私の今があるようなものです。野崎先生、これからも生徒さんたちのために尽くしてください。今は私も時間がありますので、また春野を訪れたいと思います。きっとお会いできるでしょう」

足早に遠鉄電車に乗り込み、発車時にも立ち上がって野崎にお辞儀した。その姿は八十歳を超える老人には見えなかった。

それから二年ほど過ぎた夏、白井が春野町の名誉町民の称号を授与されたこと、春野南中学校の校庭に「すみれの花咲く頃」の歌碑が建立されることを野崎は大沢院長から聞いた。歌碑の除幕式は白井夫妻と宝塚の劇団員数名も参加して行われるという。

白井のはにかんだような笑顔が浮かぶ。

「白井さんも喜ぶだろうから、野崎さんも来ませんか」

大沢院長から誘われたが、親戚の新盆と重なり野崎は出席を見合わせてしまった。

同じ年の十二月二十二日深夜、大沢院長から白井さんが伊丹の病院で亡くなったとの電話を受けた。

享年、八十三歳。

年が明けた昭和五十九年一月、〝すみれの花咲く頃〟の曲が流れる中、宝塚歌劇団葬が執り行われた。

地元浜松の中学の校長職に就いた野崎和也は、春野町での歌碑除幕式にも出席せず、宝塚や白井の自宅を訪れる機会もつくらず、葬式にも参列できなかったことを悔やんでいた。

「白井先生の墓参りがしたい。先生とはお会いできないが宝塚にも行ってみよう」と前々から妻に話していた。

「あなたが定年退職されたら、行きましょう」

宝塚ファンの妻、幸子は野崎が初めて秋葉山に登った高校時代に麓で出会った旅館の娘だ。

あの時、彼女に勧められてお守りを買った。

春野に赴任してからたびたび会うようになり、彼女が短大を卒業して家に戻った機会にプロポーズした。すでに二人の子供たちも別所帯で、家を出ている。

退職した年の彼岸近く、野崎は妻に声をかけた。

「そろそろ、白井さんの墓参りに出かけよう」

「宝塚へ？」

「いや、まず、お墓に行こう。二川だと聞いている。白井さんの疎開先だ。縁戚の方がお守りしているらしい」

通勤通学時間を過ぎた東海道線の車内はすいていた。

「舞阪」から「弁天島」に向かう辺りで風景は変わり、右手に浜名湖が広がり、潮の匂いが鼻先をかすめる。

高校時代、秋葉山に一緒に登った太田昌志は缶詰工場の社長になっている。

これからゆっくりと過ごす時間がある。

――いずれ、彼にも会いたい――

そんなことを考えているうちに電車は「二川」に着いた。


二川は江戸時代、二川宿と呼ばれていた。かつては、にぎわっていた東海道の宿場町だが、昼時を過ぎた狭い通りに人影はなく閑散としている。

白井家の菩提寺大岩寺《だいがんじ》は駅から歩いて十五分ほど。白井鐵造との関係を話すと、住職が墓まで案内してくれた。

境外に天平二年（七三〇年）行基の開基と伝わる岩屋観音がある。野崎はふと秋葉山秋葉寺も同じころ、行基が彫った仏像がお堂に納められているという言い伝えを思い出した。両寺とも曹洞宗、そして祀られているのは観世音菩薩像だ。

白井は知っていたに違いない。彼はいつも数珠を持っていたという。

住職の案内で寺の上の道を横切って小高い丘の上に出た。白井鐵造夫婦の墓と歌碑が並んでいる。妻、加津世も白井没後、二年足らずで亡くなった。

聞くところによると白井は生前からこの地に墓を決めていたという。

人家の屋根越し、木立の彼方に遠州灘がきらめいている。

日当たりの良い丘で、時折吹き上げる海風の中に北遠の山河の言霊と、すみれの歌に耳を傾けているのだろうか。

野崎と妻は墓の前にかがみ、合掌した。

あとがき

手元にセピア色の記念写真がある。

日付は昭和三十六年五月。幕の下りた宝塚歌劇場の舞台に、衣装を着けたままのタカラジェンヌに囲まれた制服姿の中学生、引率の先生、総勢百五十名余が二十数段の階段にぎっしりと並んでいる。

写真中央、痩身で立ち姿の美しい老紳士が同郷で本著の主人公白井鐵造氏だ。

著者は両親の仕事の都合で六歳から中学卒業までの十年間を北遠の犬居（現・浜松市天竜区春野町）で暮らした。

宝塚の演出家白井鐵造が犬居の出身であると知ったのは、中学の修学旅行の時だった。

第三章の宝塚歌劇団の観劇は著者の実体験でもある。当時、情報の乏しい山村の中学生にとって宝塚レビューや著名な演出家は縁遠い存在であった。中学卒業後は故郷を離れ、人生のさまざまな波にもまれていくなかで修学旅行の思い出もいつしか遠のいていた。

しかし年を重ね、還暦を過ぎてつらつらと十代を振り返ってみると宝塚レビューの観劇は記憶の川底で、スパンコールのごとく輝きを放っていた。

その煌めきに招かれるように白井鐵造という演出家に興味が湧き、ペンをとってみた。ちょうど没後、四十年となる。

白井鐵造の足跡を追う取材と調査は、幼年時代の郷里天竜区春野町、活躍した宝塚、洋行の地フランス、疎開地で墓石のある愛知県豊橋市（二川町・大岩町）、それぞれの地で得られた情報からクロスワードパズルを完成させていくような作業であった。

取材を通して白井鐵造の生き様が浮かび上がってくるまでに一年近くを要していた。山村に生まれ、尋常小学校を卒業して十三歳で染物会社へ就職した白井がいかにしてレビューの王様と称され、宝塚歌劇団の演出家としてトップの座に上り詰めていったか。果たしてその人物像を本著で明らかにすることができたであろうか。

大阪府池田市にある池田文庫（前・宝塚文芸図書館）には、白井が戦争中、郷里に預けていた戦前の洋行時に収集した資料を含め、晩年までの演出した作品の脚本、楽曲、劇評記事など膨大な資料が残されている。台本や楽譜に白井本人が走り書きした自筆のメモは生々しい。

本書の上梓にあたり、取材にご協力いただいた春野協働センター、「犬居すみれ会」の皆さま、郷土研究家の木下恒雄さま、小中学校の同級生山下和男さま、元池田文庫学芸員の田畑きよ子さま、シャンソン歌手貝山幸子さま、カメラマンの斎藤よりこさま、フランス語の翻訳を助けていただいたアルミダディ・瑛子さま、白井ご夫妻のご親戚の皆さま、その他多くの関係者の方々に感謝申し上げたい。枡田豊美さまには前著『グレビレア・ロブスタ』（長倉書店刊）から引き継ぎ、編集を担当いただいた。

また、静岡新聞社編集局出版部長増田剛さまには本書の刊行に至るまで具体的ご助言、ご指導を賜りました。

なお、関係者の中には故人も多く、内容がつまびらかでないこともあり、本著は白井鐵造という実在の人物がモデルの『小説　白井鐵造』としました。

歌と踊りで構成された外国の舞台を日本に紹介し、日本独自の様式に変容させ、世界に類をみない未婚の女性だけの歌劇団の礎を築いた演出家・白井鐵造。その名が日本の芸能史に永久に残ることに本著がいささかでも貢献できたとしたら喜びである。

調査不足や取材漏れ、史実の誤りなど、すべての責は著者が負うものである。

令和六年四月

中尾ちゑこ

主な参考資料

『宝塚と私』（白井鐵造　中林出版）
『白井鐵造と宝塚歌劇』（田畑きよ子　青弓社）
『レヴューの王様』（高木史朗　河出書房新社）
『帝劇女優田中勝代と宝塚白井鐵造』（小澤舜次　春野町郷土研究会）
『宝塚歌劇　華麗なる１００年』（朝日新聞出版）
『日本ミュージカル事始め』（清島利典　刊行社）
『日本人の足跡3』（産経新聞ニュースサービス）
『小林一三の知的冒険　宝塚歌劇を生み出した男』（伊井春樹　本阿弥書店）
『シャネル』（川島ルミ子　さくら舎）
『ディアギレフのバレエ・リュス』（大木裕子　特定課題研究論文より）
『未来への記憶（下）』（河合隼雄　岩波新書）
『バレエ・リュス　その魅力のすべて』（芳賀直子　図書刊行会）
『革命とファッション』図録解説（多摩美術大学美術館）
『憧憬の地　ブルターニュ』（国立西洋美術館）

主な参考資料

『石井好子　シャンソンとオムレツとエッセイと』（河出書房新社）
『Memoire des rues PARIS 3 1900-1940』Meryam Khouya PARIGRAMME
『春野町史　通史編』（春野町史編さん委員会）
『温故知新』（春野町教育委員会）
『春野歴史ものがたり』（春野町教育員会）
『遠州歴史散歩』（神谷昌志　静岡新聞社）
『天竜川と秋葉街道』（神谷昌志　明文出版社）
『天龍川　その風土と文化』（石川純一郎　静岡新聞社）
『気田川ものがたり』『山の人生　川の人生』『歩かまいか秋葉街道』『綱ん曳き』『村の昭和史』
その他（木下恒雄）
『犬居城主天野氏と戦国史』（小澤舜次　犬居城址顕彰会）
『三尺坊』（藍谷俊雄　秋葉山秋葉寺）
『ふたがわ発掘クラブ通信』（二川・大岩地区まちづくり協議会）

著者プロフィール

中尾ちゑこ

静岡県浜松市出身。

1969年　天理大学卒。

1970～1976年　日本電気精器㈱、㈱コマツ勤務

1976年　㈲マルナカ翻訳エージェンシー

1980年　㈱マルナカインターナショナル設立。日系企業の海外情報収集、海外市場調査、事務所設立手続きに従事。ビジネスセミナー講師、業界紙への執筆など。

2011年より中尾ちゑこのペンネームで小説、エッセイなど執筆。

〈著書〉

『ロシアン・ビューティー　ユーラシア・ブックレットNo.165』（東洋書店）、『つるし雛の港』（文芸社―日本文学振興会賞）、『プチャーチン異聞』（『異郷に生きるⅥ』成文社所収）、『熱海残照』（羽衣出版―第20回伊豆文学賞最優秀賞）、『ロシアの躁と鬱』（成文社）、『熱海起雲閣物語 グレビレア・ロブスタ』（長倉書店）

小説　白井 鐵造　すみれと天狗

Another Story of TAKARAZUKA

2024年4月6日　初版発行

著　者　中尾ちゑこ

発行者　株式会社マルナカインターナショナル

装　丁　塚田雄太

発売元　静岡新聞社

〒422-8033　静岡市駿河区登呂3-1-1

電話　054-284-1666

印刷・製本　藤原印刷

ISBN 978-4-7838-8084-4　C0093